Zur Autorin dieses Buches

Eva Janssen wuchs im Kölner Friesenviertel auf. Nach ihrer Ausbildung in der Grafikabteilung des DuMont Buchverlages studierte sie Germanistik und Slawistik in Köln und am Gorki-Institut in Moskau. Im Anschluss war sie als freie Übersetzerin, Referentin und Kritikerin tätig. Heute arbeitet die Autorin als Lehrerin in der Erwachsenenbildung.

Sie ist verheiratet und hat zwei Kinder.

Die
Mentorin

Bibliografische Information der Deutschen Nationalbibliothek:

Die Deutsche Nationalbibliothek verzeichnet diese Publikation in der Deutschgen Nationalbibliografie; detaillierte bibliografische Daten sind im Internet über http://dnb.dnb.de abrufbar.

Umschlaggestaltung: Bernhard Menzel

Herstellung und Verlag: BoD – Books on Demand, Norderstedt

ISBN: 9783752823059

Für Lara

Vorbemerkung

Die Figuren und Lebensgeschichten dieses Kurzromans sind frei erfunden. Ähnlichkeiten mit lebenden oder verstorbenen Personen sind rein zufällig und nicht beabsichtigt.

Roman hat mir dieses Buch geschenkt. Es riecht so gut nach dem Ledereinband und dem Büttenpapier. Das ist lieb von ihm. Er hat es auf dem Weihnachtsmarkt für mich gekauft, sagt er. Also hat er es schon länger für mich aufgehoben. Gestern hat er es mir dann zu meinem 38. Geburtstag geschenkt. „Damit du etwas ganz alleine für dich hast. Deinen eigenen Raum zum Atmen. Dein Refugium sozusagen."

Es überrascht mich, dass er meint, ich brauche das, wo wir drei doch rundum glücklich sind. Aber natürlich werde ich ihm den Gefallen tun, vor allem, weil er sich so liebevoll Gedanken um mich gemacht hat. Ich werde dich, mein Buch, also benutzen, um meine Gedanken wandern zu lassen, und vielleicht auch, um mich später an diese Zeit erinnern zu können. Um Raum zum Atmen zu finden, wie Roman sagt.

Ja, das werde ich tun.

Lünen, 6. März

Lukas hat heute Nacht geweint. Ich habe ihn aus dem Bettchen geholt und herumgetragen. Aber er wollte sich erst gar nicht beruhigen, der kleine Mann. Schließlich sind wir beide auf dem Sofa eingeschlafen. Er hat auf meinem Bauch gelegen und ist zuerst ganz schwer und warm geworden. Daran merke ich immer, dass er einschläft, und dann entspanne ich mich auch. Er sah aus, als würde er sich nach langen Kämpfen dem Schlaf ergeben, gegen den er sich so gewehrt hat. Ich habe ihn dann noch eine Weile betrachtet. Er ist so süß und zerbrechlich, wenn er so erschöpft daliegt, mit offenem Mündchen und ganz roten Bäckchen. Er ist mein ganzes Glück! Nie darf ihm etwas Schlimmes zustoßen. Ich behüte ihn.

Lünen, 8. März 2017

Ich hatte ganz vergessen, die Jahreszahl zu schreiben. Wer weiß, ob ich mich später noch daran erinnern werde, in welchem Jahr ich das hier geschrieben habe? Aber das ist ja Unsinn! Ich werde es immer an Lukas´ Alter errechnen können. Seine Geburt war schließlich eine einschneidende Veränderung in meinem, unserem Leben.

Lukas schläft und Roman hämmert unten im Wohnzimmer an den Fußleisten herum! Hoffentlich wacht Lukas nicht auf! Es ist so gemütlich in unserem Heim, wenn es auch noch nicht fertig ist.

In der Schule läuft alles zum Besten. Auch wenn die Kinder oft schwierig sind und sich nicht immer gut verhalten. Aber es ist ja meine Aufgabe, ihnen zu helfen. Und das tue ich gerne. Ich werde darauf achten, dass Lukas sich später in der Schule und auch schon vorher im Kindergarten benimmt. Eine gute Erziehung ist doch die Grundlage für das ganze weitere Leben.

Die Kinder in der Schule tun mir oft leid. Schließlich können sie ja nichts für ihre Elternhäuser. Ich bin dankbar dafür, dass es uns so gut geht!

Manchmal gibt es etwas Stress mit Silke. Aber wo gibt es keinen Stress? Das gehört einfach zum Leben dazu. Angelika hat sich früher mehr um uns gekümmert, hatte ein Auge für unsere Situation. Außerdem hat sie nicht andauernd die Chefin raushängen lassen. Im Gegenteil! Sie hat uns und unsere Vorschläge ernstgenommen, hat uns unterstützt in unserer Arbeit. Silke dagegen meint, alles, was wir tun, kontrollieren zu müssen. Aber das ist ihr Problem, nicht meins. Ich komme damit schon klar. Alles andere wäre ja auch unprofessionell. Ich konzentriere mich einfach weiterhin auf meine erfolgreiche Arbeit.

Alles in allem läuft mein Leben in guten Bahnen. Und dass ich meine Gedanken darüber in diesem Buch niederschreiben und vertiefen kann, erhöht mein Glücksgefühl noch. Roman hatte also Recht, als er davon sprach, dass mir dieses Buch Kraft und Selbstvertrauen geben würde.

Lünen, 30. März 2017

So lange hatte ich keine Zeit mehr zu
schreiben! Es gab einfach zu viel zu tun. Ach!
Mein Leben ist so prall und voll!

Ich habe die ersten Seiten, die ich bereits
geschrieben hatte, noch einmal durchgelesen.
Wie glücklich wir sind, Roman, Lukas und
ich! Auf meiner Arbeit kann ich viel
bewirken, kann schwächere und benachteiligte
Kinder unterstützen.
Und den Rest des Ausbaus werden wir auch
noch überstehen. Da bin ich zuversichtlich.
Roman ruft nach mir. Ich muss Schluss
machen.

Lünen, 31. März 2017

Der komplette Strom ist ausgefallen! Roman
hat aus Versehen beim Fliesenlegen oder
Bohren irgendeine Leitung getroffen. Das

kann passieren. Schließlich ist er kein ausgebildeter Installateur, sondern ein Amateur in all diesen Dingen. Aber dafür macht er es sehr gut. Bei so einem Ausbau wird das Leben oft zum Abenteuer. Über Langeweile können wir jedenfalls nicht klagen.

Natürlich brauchen wir dringend Strom, um abends Lukas´Mahlzeiten aufwärmen zu können, um ihn zu baden und zu waschen. Denn die Therme springt ja ohne Strom auch nicht an. Und der Elektriker kommt erst morgen.

Roman hat irgendeinen Gaskocher besorgt und gemeint, ich solle mich nicht aufregen. Das könne schonmal passieren, wenn man alles selber macht. Es ist lieb von ihm, mich zu trösten. Schließlich muss ich mich um Lukas kümmern!

Zum Glück schläft Lukas schon. Ihn hat die Aufregung sicher müde gemacht. Wie genau er spürt, wenn etwas mal nicht in Ordnung ist. Er ist so sensibel, mein Goldstückchen!

Lünen, 2. April 2017

Roman war so lieb! Kam vorgestern in der Nacht in Lukas´ Zimmer und hat sich neben mich auf das enge Sofa gequetscht. „Wenn du nicht zu mir kommst, muss ich ja wohl oder übel zu euch kommen", hat er mir ganz leise ins Ohr geflüstert, und: „Ohne Strom und ohne dich ist es einfach zu kalt in unserem Bett!" Da musste ich lachen.

Aber jetzt ist auch wieder Strom da und Roman hat uns gestern Abend etwas Leckeres gekocht, mein Lieblingsessen: Gemüseauflauf, überbacken. Zwar ist Lukas beim Essen wieder aufgewacht und hat

geschrien – ich glaube, er hatte Bauchweh -
aber es war trotzdem ein schöner Abend, auch
wenn ich wieder früh rausmusste.

Bald sind Osterferien. Vor den Ferien sind die
Kinder oft unruhig, unkonzentriert und laut.
Das hat natürlich auch mit unserem
Einzugsgebiet zu tun. Es sind eben schwierige
Kinder aus schwierigen Verhältnissen. Meine
Aufgabe besteht in dieser Zeit vor allem darin,
die Kolleginnen zu entlasten, was mir ja auch
meistens gelingt. Besonders Renate ist
erschöpft. Sie hat wirklich eine schwierige
Klasse, mit all den Migrantenkindern. Und
dann noch Marvin, Jascha und Angelina mit
ihren massiven Verhaltensauffälligkeiten und
Lernbehinderungen. Gut, dass ich sie
unterstützen kann. Ja, Renate braucht
dringend Ferien. Silke vielleicht weniger. Ich
weiß auch nicht genau, was sie eigentlich den

ganzen Tag macht, wenn sie sich nicht gerade in unsere Arbeit einmischt oder Elterngespräche führt.

In den Ferien werde ich mich ein bisschen entspannen. Roman meint, ich solle mich ausruhen. Wie liebevoll und einfühlsam er immer ist.

Der Garten ist zwar noch voller Bauschutt und Holzbalken, aber vielleicht findet sich ja ein Plätzchen zum Lesen und Ausruhen.

Außerdem freue ich mich darauf, den Garten zu planen, zu überlegen, welche Pflanzen wir setzen, wohin der Sandkasten und die Schaukel für Lukas kommen sollen. Ja, darauf freue ich mich schon sehr!

Lünen, 7. April 2017

Endlich Ferien!

Aber richtig entspannen kann ich mich nicht.
Silke hat mich heute in ihr Büro gerufen und
mir mitgeteilt, dass im Mai eine
Lehramtsanwärterin für Sonderpädagogik an
unsere Schule kommt. Und ich soll ihre
Mentorin werden! Silke hat mich nicht einmal
gefragt! Das ZfsL hat angefragt und Silke
hat zugesagt – ohne irgendeine Rücksprache
mit mir zu treffen! So ist sie nun mal.
Offenbar hat Silke dann bemerkt, dass ich
völlig perplex war. Sie hat mir erklärt, dass ich
als Mentorin zwei Entlastungsstunden
erhalten würde und dass sie bei der
Entscheidung an mich gedacht habe.
Immerhin zwei Stunden weniger Unterricht
und das bei der Schülerklientel! Für eine
Mutter wie mich, mit einem 1 1/2 – jährigen

Kind, sei dies doch eine Erleichterung. Außerdem könne ich eine junge Frau bei ihrer Ausbildung unterstützen. Das wäre doch mal etwas Neues! Eine Herausforderung. Irgendwie hat sie versucht, mir die Sache schmackhaft zu machen. Dabei geht es ihr doch nur um das Renommee der Schule, ihren Ruf als Schulleiterin und ihre weitere Karriere. Sie will hoch hinaus. Jetzt kann sie sagen: „Seht alle her! Wir bilden eine Sonderpädagogin in der Inklusion aus!" Trotz meiner anfänglichen Skepsis konnte sie mich aber schließlich überzeugen. Als Sonderpädagogin, die schon viel Berufserfahrung sammeln konnte, halte ich mich für einen reflektierten und selbstkritischen Menschen und natürlich ist mir bewusst, wie notwendig es in der heutigen Schullandschaft ist, Sonderpädagoginnen für das Gemeinsame

Lernen auszubilden. Und ich halte mich für kompetent genug, diese Aufgabe zu erfüllen. Aber natürlich wissen gerade wir erfahrenen Kolleginnen doch auch genau, wie arbeitsintensiv die Aufgabe einer Mentorin ist. Ich denke da nur an Laura. Wie viel Mühe und Arbeit hat sich die arme Claudia als Mentorin mit ihr gegeben. Und trotz all dieser Bemühungen ist Laura am Ende bei der UPP durchgefallen. So eine Referendarin ist eben doch nur eine Katze im Sack. Man weiß nie, was einen erwartet, und hat auch noch die Verantwortung!

Lünen, 10. April 2017

Roman meint, ich solle mich auf meine neue Aufgabe einlassen. Ich würde doch immer versuchen, meine Arbeit gewissenhaft und gut

zu machen und außerdem täten mir zwei
Entlastungsstunden gut.

Ich werde seinem Rat folgen. Er bewahrt
immer so gut den Überblick für uns alle.
Zwar habe ich mich inzwischen gut auf meine
Aufgaben in der Schule eingestellt, einen
Rhythmus gefunden: Die Arbeit in den
Förderräumen mit nur wenigen Kindern
macht mir große Freude - auch wenn die
Kinder oft schwierig sind oder den Stoff nicht
verstehen - aber nun wartet eine neue
Herausforderung auf mich. Und da ich
flexibel bin und in meinem Mann immer
einen Rückhalt habe, werde ich diese
verantwortungsvolle Aufgabe meistern. Da bin
ich sicher.

Jetzt mache ich erst einmal Ferien und nehme
mir Zeit für Lukas.

Lünen, 12. April 2017

Es ist so schön hier! Im Garten blühen die
Tulpen – wenn auch zwischen dem Geröll. Die
Vögel zwitschern und ich genieße jeden
Sonnenstrahl. Roman musste zur Arbeit.
Irgendeine Komplikation mit der Anlage. Und
Lukas ist in der Kita. Sie hat in dieser Woche
noch bis Karfreitag geöffnet. Zeit für mich!
Ich spüre es in allen Gliedern! Wie gut das tut!

Lünen, 13. April 2017

Ich habe mir Bücher über das Mentorat bestellt
und bin guter Dinge. Ich freue mich auf meine
neue Aufgabe und werde mich gut darauf
vorbereiten.
Aber jetzt steht erst einmal Ostern mit der
Familie vor der Tür. Am Ostersonntag fahren
wir zu Romans Eltern nach Dortmund und
am Montag zu Mama und Papa nach Kamen.

21

Lukas freut sich schon auf seine Großeltern. In Kamen kann er im Garten Eier suchen. Das ist das erste Mal, dass er das alleine tun kann, der kleine Mann. Ich bin gespannt auf seine Reaktion! Auch Roman freut sich schon! Als er gestern spät nach Hause kam, wirkte er etwas gestresst, aber offenbar ist es gelungen, die Anlage mit Hilfe der Techniker wieder in Gang zu bringen. Zum Glück! Sonst hätte er womöglich über die Feiertage in der Firma bleiben und für die Behebung des Schadens sorgen müssen. Als Ingenieur ist er schließlich für einen geordneten Ablauf verantwortlich. Ich bewundere ihn. Wie er das alles meistert: seine Arbeit, den Ausbau unseres Heims. Aber unsere Liebe gibt uns eben Kraft! Ich unterstütze ihn, wo ich nur kann.

Lünen, 17. April 2017

Was für Tage! Eben erst sind wir aus Kamen zurückgekommen. Lukas war so aufgeregt. Es war so süß, wie er im Wackelgang durch den Garten getippelt ist und ein Schokoladenei nach dem anderen entdeckt hat. Jedes Mal, wenn er etwas gefunden hat, hat er gequietscht vor Freude. Natürlich hatte sein Opa die Ostersachen nicht richtig schwierig versteckt. Überall im Garten blinkten und glitzerten die bunten Papierchen zwischen den Blumen und Büschen hindurch. Wie bei mir früher. Ostern war bei uns zuhause immer ein besonderes Fest. Frühling eben. Schade nur, dass es wieder so kalt war, wo es doch in den letzten Tagen vor Ostern so sonnig und warm gewesen ist.

Alles war harmonisch. Was habe ich für ein Glück mit meinen Eltern. Mama macht sich ein bisschen Sorgen um mich. Sie wollte wissen, ob der Ausbau, die Arbeit und die Betreuung von Lukas nicht zu viel für mich würden. Sie meint, ich sähe blass und krank aus und wirke nervös. Da musste ich aber doch lachen. Ich bin ein starker Mensch. Und ich habe Roman an meiner Seite.

Auf der Rückfahrt ist Lukas dann im Auto eingeschlafen, was nicht so günstig war, weil er dann am Abend wach ist und nicht ins Bett möchte. Jetzt sitzt er drüben im Stühlchen, brabbelt vor sich hin und isst ein Schokoladenei. Sein Mäulchen ist ganz verschmiert. Wie lieb er aussieht. Ein paar Süßigkeiten werde ich unauffällig verschwinden lassen. Das ist einfach zu viel für sein Bäuchlein.

Roman werkelt irgendwo in seinem Arbeitszimmer herum – es ist außer dem

Badezimmer und dem Keller, der noch gefliest werden soll, der letzte Raum, in dem der Innenausbau noch nicht fertig ist - und ich werde mich jetzt um Lukas kümmern, ihn waschen und versuchen, ihn davon zu überzeugen, dass es an der Zeit ist, ins Bettchen zu gehen. Er ist nach all der Aufregung ein bisschen überdreht, was ja verständlich ist. Der Osterhase kommt schließlich nur einmal im Jahr.

Ich freue mich auf einen gemütlichen Abend mit Roman.

Lünen, 18. April 2017

Natürlich konnte der kleine Mann nicht schlafen nach dem Erlebten und ich bin bei ihm geblieben in der letzten Nacht. Seine Händchen waren ganz heiß. Zwischendurch dachte ich schon, er hätte Fieber. Aber heute

25

Morgen war er dann wieder putzmunter. Zum Glück! Denn wir wollten einen Ausflug machen, unsere kleine Familie. Aber Roman meint, er wolle lieber im Arbeitszimmer weiterbauen, da er morgen wieder zur Arbeit müsse. Ich verstehe ihn gut. Irgendwann möchte man schließlich mal fertig werden. Also werde ich gleich mit Lukas alleine in den Zoo nach Münster fahren. Ich bin gespannt, was das Wichtelchen zu all den Tieren sagt.

Lünen, 19. April 2017

Ferientage vergehen immer so schnell. Bald holt mich der Alltag wieder ein. Aber bis dahin will ich die Zeit mit Lukas noch genießen. Er hat zu jedem Vierbeiner im Zoo „Wauwau" gesagt, was ein bisschen enttäuschend war. Aber schließlich musste ich doch lachen. Die Kategorisierung ist logisch und nachvollziehbar. Sobald ein Tier vier Beine hat, ist es eben ein „Wauwau" und sobald drei Tiere auf einer Wiese oder in einem Käfig beieinanderstehen oder -liegen, sind das Papa, Mama und Kind. Was für ein wunderbares und friedliches Weltbild er hat!

Ich sitze gerade an unserem neuen Gartentisch – leider im dicken Pullover - und beobachte Lukas, wie er mit Steinchen nach der Nachbarskatze wirft. Dabei lacht und quietscht er so süß. Er wird sie sowieso nicht treffen und meint es nicht böse. Er ist ja noch so klein.

Lünen, 20. April 2017

Die Bücher über das Mentorat sind gekommen und ich habe mich gleich darangesetzt, sie zu lesen. Ich habe schon viele wichtige Informationen markiert und werde sie mir jetzt am Wochenende herausschreiben. Dann kann ich am Montag guten Gewissens in den Schulalltag starten. Wir erwarten die Referendarin Anfang Mai bei uns.

Lünen, 21. April 2017

Es ist Abend und Lukas liegt schon im Bett. Roman ist im Arbeitszimmer und ich kann mich noch ein wenig sammeln und auf die neue Aufgabe konzentrieren.

Als Mentorin werde ich die erste Ansprechpartnerin für die junge Frau sein. Ich habe beratende Funktionen und soll ihr bei ihren ersten Unterrichtsversuchen zur Seite stehen. Für 1 ½ Jahre werde ich für sie so eine Art Wegbegleiterin sein, bin für die fachspezifische Ausbildung zuständig und mache sie mit den Regeln unserer Schule vertraut. Sie sollte auch bei mir hospitieren dürfen, bevor sie selbst unterrichtet. Das ist natürlich selbstverständlich. Sie wird mir dabei über die Schulter schauen und von mir lernen. Als „alter Hase" fühle ich mich diesbezüglich sicher. Sie wird sich die Konzepte und Methoden zur Lernförderung von mir abschauen. Ich bin stolz auf meine Mathe-Fördergruppe, die ich in der Schule erst installiert habe. Das war nicht selbstverständlich. Aber jetzt kann ich die Schwächeren aus dem normalen Unterricht herausziehen und ihnen eine individuelle Hilfe bieten. Gut, dass Renate mich darin unterstützt. Silke ist von dem Konzept ja nicht so begeistert.

Was Konferenz- und Schulregeln angeht, müsste ich mich noch einmal schlaumachen, wenn ich diese unserem „Frischling" nahebringen soll. Aber auch das dürfte kein

Problem darstellen. Ein wesentlicher Teil wird die Unterrichtsplanung sein. Wenn ihr da gravierende Fehler unterlaufen, fällt das schließlich auf mich zurück – im Seminar und in der Schule. Ich werde mir vor Silke keine Blöße geben. Und beim Seminar erst recht nicht. Wer weiß denn, welche Karriere mir noch bevorsteht? Also werde ich ihr bei Unterrichtsentwürfen meine Hilfe anbieten, besser: von ihr verlangen, dass sie mir ihre Planungen rechtzeitig vorlegt. Ich werde diese Entwürfe - wie ich hier meiner Lektüre entnehme - hinsichtlich der Strukturierung der Stunde, der Didaktik, der Sachanalyse, der Methodik, des Zeitmanagements, der Ergebnissicherung usw. überprüfen und gegebenenfalls korrigieren müssen. Auch eine Reflexion ihrer Stunden wird nach dem Unterricht unerlässlich sein, wie ich gelesen habe. Ich hoffe nur, dass die zwei Entlastungsstunden zeitlich für diese verantwortungsvolle Aufgabe reichen werden. Ich möchte diese Begleitung ernstnehmen und gewissenhaft durchführen! Es geht hier um Menschenführung – ein Gebiet, in dem ich mich als Pädagogin und Mutter zuhause fühle. Ja, das Wichtigste ist die Menschenführung! Ich habe nachgeschlagen, was das Wort „Mentor" bedeutet: ein Mentor ist ein erfahrener Lehrer, Ratgeber, Förderer, Fürsprecher und Erzieher.

Lünen, 23. April 2017

Die Referendarin hat telefonisch ihren Besuch angekündigt. Sie möchte sich bei uns noch vor Beginn des Referendariats vorstellen. Das klingt nach einer gewissenhaften und höflichen Person. Wobei sie natürlich nicht voraussetzen kann, dass wir alle uns um sie kümmern können. Schließlich haben wir den Schulalltag zu meistern. Das geht nicht einfach so nebenbei. Aber das wird sie schon noch lernen.

Lünen, 25. April 2017

Ich muss gestehen, dass ich ein bisschen enttäuscht bin. Sie wirkt schüchtern und ängstlich. Sie scheint mir sehr unsicher zu sein. Wie soll sie vor einer Klasse stehen und sich durchsetzen?? Die Lehrerpersönlichkeit ist doch eine der wichtigsten Grundlagen eines erfolgreichen Unterrichts!

Ich werde sie ermutigen! Hier und jetzt fängt meine Aufgabe an! Sobald sie regelmäßig kommt, zeige ich ihr alle Räumlichkeiten und stelle sie den Kolleginnen vor.

Ja, ich werde ihr Mut machen! Wie heißt es doch? Ein Mentor ist ein Förderer und Erzieher.

Vor allem im letzten Sinne des Wortes werde ich meine Aufgabe wahrnehmen. Ich werde unsere Referendarin zu einer sehr guten Lehrerin erziehen. Mit der Lehrerpersönlichkeit steht und fällt schließlich jeder Unterricht. Die Erziehung zu einer kompetenten Lehrerpersönlichkeit ist eine Aufgabe, die mich stolz macht und der ich mich gewachsen fühle! Am 2. Mai geht's los.

Lünen, 28. April 2017

Langes Wochenende! Das brauche ich auch. Jascha hat am Mittwoch einen kleineren Jungen aus der 1b verprügelt. Danach haben er und Marvin noch das Papier im Papiercontainer angezündet. Zum Glück hat

Tobias es noch rechtzeitig gemerkt und alle Kinder vom Schulhof in Sicherheit gebracht. Was für ein Theater! Die Feuerwehr musste gerufen werden, es gab „Gespräche" mit Silke über die „mangelhafte" Pausenaufsicht (die arme Lisa musste dran glauben), anschließend ließ Silke noch Renate und mich zum Gespräch rufen. Schließlich sind es unsere Schüler! Sie wollte zum Glück aber nur wissen, wie wir weiter vorzugehen gedenken. Natürlich standen Elterngespräche an. Ein Albtraum! Wie unkritisch diese Eltern gegenüber ihren eigenen Kindern sind. Das ist wirklich unglaublich.

Bei den Elterngesprächen mit Marvins und Jaschas Eltern war ich natürlich dabei, um Renate zu unterstützen. „Unser Marvin tut so etwas nicht!", war der Tenor. Sie zeigten keinerlei Einsicht, meinten, sie würden sich beschweren, wenn Marvin bestraft würde. Der Vater drohte uns sogar indirekt, man sehe sich immer zweimal im Leben und so weiter. Seine Frau reagierte hysterisch: Ihr kleiner Marvin sei ein lieber Junge, hochintelligent und darüber hinaus auch gut erzogen. Wir müssten uns irren. Kein Wunder, dass der Junge so ist, wie er ist!

Jascha war dagegen aufrichtig erschrocken und verstört über sein eigenes Verhalten. Er hat sich einfach nicht unter Kontrolle und Marvin manipuliert ihn. Da sind wir uns sicher. Bei Marvins Verhaltensauffälligkeiten wäre es natürlich am besten, man würde ein Gutachten erstellen lassen. Aber natürlich geben Marvins Eltern uns nicht die Genehmigung für die Beantragung eines Gutachtens! Sie wollen einfach nicht wahrhaben, was mit ihrem Jungen los ist!

Jaschas Eltern sind da anders. Bei ihnen
haben wir eher die Sorge, dass sie ihren Sohn
schlagen. Wir mussten es also vorsichtig
angehen. Jaschas Vater versicherte uns
mehrfach, der Junge werde sich entschuldigen,
dafür werde er höchstpersönlich sorgen.
Unheimlich!

Und immer muss ich dann an Lukas denken!
Wie unterschiedlich sind die Welten, in denen
Kinder aufwachsen! Roman und ich geben
ihm so viel Liebe! Und dann sind da auch
noch die Großeltern, die sich liebevoll um ihn
kümmern. Haben Marvin und Jascha
überhaupt eine Chance? Renate und vor allem
ich tun, was wir können, um diese Kinder zu
unterstützen, ihnen zu helfen – unabhängig
von ihren Elternhäusern, wenn es sein muss.
Aber natürlich ist es bei so einer
Lernbehinderung, wie Jascha sie hat, oder bei

den aggressiven Ausfällen von Marvin auch wichtig, die Eltern mit ins Boot zu holen, so weit dies möglich ist. Immerhin haben wir Jaschas Eltern früh genug davon überzeugen können, dass ihr Sohn eine Entwicklungsverzögerung hat und Hilfe benötigt. Wenigstens bei ihm konnten wir ein Gutachten durchsetzen! Vielleicht gelingt mir das ja auch noch bei Marvins Eltern. Ich habe den Eindruck, dass sie in ihrem tiefsten Innern wissen, dass sie ihren Jungen nicht mehr im Griff haben. Kein Wunder: Sie lassen ihrem Liebling ja auch alles durchgehen und denken, ihr Kind sei hochbegabt, wie so viele Eltern.

Und dann denke ich an die junge Frau, die am Dienstag bei uns anfängt. Rebekka ist ihr Name. Rebekka Wiesner. Wird sie mit solchen Situationen wohl zurechtkommen? So

unsicher, wie sie wirkt? Wird sie
Elterngespräche führen und überzeugen
können?
Wir werden sehen.

Lünen, 1. Mai 2017
Es ist Abend. Eben haben wir Lukas bei
meinen Eltern abgeholt und es ist uns
tatsächlich einmal gelungen, den kleinen
Mann schlafend ins Haus zu bringen und in
sein Bettchen zu legen. Mama meinte, ich
müsse mich einmal entspannen und deshalb
war Lukas gestern und heute bei ihnen. Mir
geht es gut! Ich weiß nicht, was Mama denkt!
Sie redete von der vielen Arbeit, die ich habe,
dem weiten Fahrweg bis zur Schule jeden Tag.
Immerhin sind es ja rund 30 km bis Hamm.
Aber zum Glück bringt Roman ja unseren
Liebling jeden Morgen zur Kita. Sonst würde

ich es tatsächlich nicht schaffen. Wir sind eben ein gutes Team! Mir geht es wirklich sehr gut!

Lukas ist so gern bei seiner geliebten Oma, dass ich eingewilligt hatte, ihn zwei Tage in Kamen zu lassen. Roman hat weiter am Ausbau gearbeitet und ich habe ein bisschen gelesen und das Haus geputzt. Das war nötig! Gestern Abend waren Roman und ich noch beim Italiener essen. Es war einfach wunderbar!

Das Wochenende hat mir Kraft gegeben! Kraft für meine neue Aufgabe, der ich inzwischen schon entgegenfiebere. Lukas weint. Ich muss aufhören.

Lünen, 2. Mai 2017

Heute war der erste Tag unserer neuen Referendarin an der Schule. Und mein erster

Tag als Mentorin. Wir waren beide aufgeregt. Natürlich merkt mir das niemand an. Dafür bin ich viel zu sehr in meiner Arbeit zuhause. Ich muss mein erstes Urteil über Rebekka zurücknehmen. Ich bin mir nicht ganz sicher, was ich von ihr halten soll. Sie war immer noch sehr still. Aber ich habe das Gefühl, hinter dieser Stille verbirgt sie etwas. Sie beobachtet uns. Im Lehrerzimmer sitzt sie neben mir. Ich habe nicht den Eindruck, dass sie sich wohlfühlt, obwohl ich wirklich alles getan habe, um sie willkommen zu heißen. Alle waren sehr freundlich zu ihr. Selbst Silke, die ja schon manchmal Haare auf den Zähnen hat.

In der Pause habe ich Rebekka überall herumgeführt. Vor allem die Förderräume, in denen ich mit den Förderschülern arbeite, sind für sie interessant. Sie hat sich alles sehr zurückhaltend angesehen. Nur als einige Kinder auf sie zuliefen und fragten, wer sie sei, schien sie etwas aufzutauen und lachte. Kinder sind wirklich entwaffnend mit ihrer Direktheit. Vielleicht ist sie ja doch richtig hier. Am Donnerstag erhält sie ihren vorläufigen Stundenplan, den ich ihr zusammenstelle. Sie soll zunächst in den Fördergruppen aller Klassen, die ich betreue, hospitieren und mir über die Schulter schauen.

Morgen werde ich die anderen nach ihrem ersten Eindruck fragen. Mittwochs ist die junge Frau ja im Seminar.

Lünen, 4. Mai 2018

Rebekka wirkt wie ein Fremdkörper in unserer kleinen Gemeinschaft. Das wird sich hoffentlich bald legen! Meistens sitzt sie still im Lehrerzimmer oder im Förderraum. Dort allerdings stand sie einige Male unaufgefordert auf und half dem einen oder anderen Kind. Ich kann nicht sagen, ob ich das gut oder schlecht finden soll. Eigentlich sollte sie sich zunächst einmal meinen Arbeitsstil anschauen, bevor sie in das Unterrichtsgeschehen eingreift. Morgen ist sie nicht da. Ich habe ihren Stundenplan zunächst einmal so zusammengestellt, dass sie freitags frei hat. Ich glaube, das war uns beiden recht. Sie kommt aus Düsseldorf und möchte über das Wochenende immer nach Hause fahren, wie sie mir sagte. Ob das aber die richtige Arbeitseinstellung ist? Ich weiß nicht.

Für mich bedeutet es natürlich eine Entlastung, wenn ich mich nicht an allen Tagen um sie kümmern muss. Im Moment wohnt sie in einer kleinen Pension in der

Innenstadt, ganz in der Nähe unserer Schule.
Wir waren alle entsetzt, als wir davon
erfuhren. Die Innenstadt, gerade rund um den
Hauptbahnhof, ist nun wirklich keine gute
und sichere Gegend für eine junge Frau, ein
Brennpunkt, könnte man schon sagen. Man
sieht es ja an den Kindern und ihren
Elternhäusern, die aus diesem Einzugsgebiet
kommen: ein Sammelsurium aus
Arbeitslosen, bildungsfernen Familien,
Migranten, Drogenabhängigen und so weiter.
Rebekka lächelte, als Gaby ihr riet, sich
schnell etwas Anderes zu suchen. Auf mich
wirkte dieses Lächeln ein wenig arrogant.
Meint sie, uns als Großstädterin überlegen zu
sein? Auf jeden Fall hat sie uns in der Pause
gebeten, ihr Bescheid zu sagen, wenn wir
etwas von einer freien Wohnung erführen. Sie
suche dringend eine Wohnung und habe

bisher nichts gefunden. Immerhin hat sie es geschafft, diese Bitte auszusprechen. Das lässt mich hoffen, dass sie sich allmählich öffnen wird. Renate meinte, wir sollten ihr Zeit geben, richtig anzukommen. Silke hat bisher ihre Meinung nicht geäußert.

Am Wochenende werde ich jetzt erst einmal einen Plan aufstellen, was wir alles besprechen müssen.

Lünen, 5. Mai 2018

Ich muss sagen, es war heute schon eine Erleichterung, ohne die Referendarin in der Schule unterwegs zu sein. Es ist doch schwerer, als ich dachte.

Lünen, 7. Mai 2018

Roman meint, ich solle Geduld haben. Er hat ja, wie fast immer, Recht! Ich muss Rebekka eine Chance geben. Auch, wenn ich ein etwas ungutes Gefühl habe, was ihre Persönlichkeit betrifft. Sie ist mir fremd in ihrer Art.

So, jetzt bringe ich erst einmal den kleinen Mann ins Bett. Roman hat ihn gebadet, den Schmutzfink. Lukas war von oben bis unten voller Matsch und die Nachbarskatze auch. Offenbar hat er sich im Garten beim Spielen köstlich amüsiert. Er ist so süß, wenn er wie ein rosa Ferkelchen aus der Wanne kommt. Zum Anbeißen! Beim letzten Mal waren wir beide pitschnass, weil er mich mit seiner Wasserpistole bespritzt hat, der Frechdachs! Roman ruft.

Lünen, 10. Mai 2017

Die zweite Woche meiner Zeit als Mentorin ist angebrochen und ich habe mittlerweile ein besseres Gefühl, was Rebekka angeht. Gestern musste ich sie zurechtweisen, weil sie sich im Förderunterricht einmischen und Mahmoud bei seinem Arbeitsblatt helfen wollte. Ich habe ihr nach der Stunde unmissverständlich zu verstehen gegeben, dass sie solche Versuche gefälligst unterlassen solle. Mahmoud ist von der Flucht aus Syrien schwer traumatisiert. Er spricht kein Wort und versteht sowieso kein Deutsch. Ihn zu bedrängen, ist einfach nur fahrlässig. Schließlich kennt sie das Kind gar nicht. Wer weiß, was sie mit ihren Annäherungsversuchen bei ihm auslöst! Ich habe mit viel Mühe und Geduld sein Vertrauen gewonnen.

Rebekka schien meine Kritik zu verstehen und ich hatte den Eindruck, dass sie sich meine Worte zu Herzen nimmt.

Lünen, 11. Mai 2017

Die Erzieherinnen haben Roman und mich
zum Gespräch gebeten: Lukas sei manchmal
aggressiv und beiße andere Kinder. Ich möchte
mal wissen, was diese
Schmalspurpädagoginnen eigentlich wollen!
Lukas ist 1 ½ Jahre alt! Was erwarten sie?
Dass er mit Messer und Gabel isst, alleine
aufs Klo geht und Höflichkeitsfloskeln mit
allen Kindern austauscht? Außerdem ist er
ein Junge. Die können schonmal forscher sein,
als Mädchen. Das ist doch völlig normal.
Offenbar haben sich die Eltern eines anderen
Jungen beschwert. Wie immer hat Roman die
Situation gerettet. Er ist einfach diplomatisch
in solchen Angelegenheiten. „Lass mich das
machen!", hat er mir vor dem Gespräch noch
zugeflüstert. „Du regst dich zu sehr auf!" Es
ist natürlich rücksichtsvoll von ihm, dass er

mich schützen will. Aber ich bin schließlich ausgebildete Pädagogin. Ich bin Profi genug, um einen kühlen Kopf zu bewahren, auch wenn es mein eigenes Kind betrifft. Dennoch habe ich ihm das Feld überlassen. Ich vertraue ihm. Zu Recht, wie sich zeigte. Bei seinem Auftreten konnten die Erzieherinnen nur einen Rückzieher machen. Selbstbewusst und gleichzeitig charmant, wie es seine Art ist, konnte er ihnen klar machen, dass Lukas ein lieber Junge ist, der vielleicht nur etwas unbeholfen versucht hat, Kontakt mit einem anderen Kind aufzunehmen.

Lukas, der Süße, hat sich natürlich riesig darüber gefreut, dass gleich Papa und Mama ihn von der Kita abholen. Das war der einzig positive Aspekt an diesem Nachmittag.

Zum Glück läuft in der Schule alles gut. Rebekka hört jetzt gut zu, wenn ich ihr etwas erkläre und auch im Unterricht wirkt sie aufmerksam und mischt sich nicht mehr in meine Arbeit ein. Sie hat es verstanden: So wird sie am meisten lernen! Ich erinnere mich noch genau an mein eigenes Referendariat. Ich habe in den ersten Monaten des Vorbereitungsdienstes auch aufmerksam und geduldig die Arbeit meiner Mentorin verfolgt und dadurch sehr viel von ihr gelernt. Geduld ist das Stichwort! Rebekka sollte mir als ihrer Mentorin ruhig vertrauen. Ich lasse sie noch früh genug auf unsere lieben Kleinen los. Auf irgendeine Art ist mir die junge Frau doch sympathisch. Sie ist offenbar lernfähig. Das gefällt mir an ihr!

Lünen, 14. Mai 2017

Wie schade, dass das Wochenende schon wieder vorüber ist! Heute ist Muttertag. Roman hat das Frühstück gemacht und dann sind meine beiden Männer an mein Bett gekommen, mit Blümchen, und haben mich geweckt. Lukas hat sich auf mich geworfen und mir in einem Liebesanfall in die Backe gebissen. Jetzt verstehe ich, was in der Kita passiert ist: Wahrscheinlich wollte Lukas dem anderen Jungen nur auf kindliche Art seine Sympathie beweisen. Roman hat mir ein Pflaster geholt und dann haben wir alle gemeinsam gefrühstückt, nur unsere kleine Familie. Es war urgemütlich.

Nach einem Anruf bei unseren Müttern haben wir einen Ausflug in den Maxipark gemacht. Dort blüht und gedeiht alles um diese Jahreszeit. Es ist ein wahrhaftiges

Blumenmeer, das einen alle Sorgen vergessen lässt. Lukas hat seiner Mami ein paar Blümchen gepflückt, was Roman ihm verbieten wollte. Aber der Kleine wollte mir ja nur eine Freude machen. Fast hätten wir uns darüber gestritten. Aber nur fast. Roman und ich streiten uns so gut wie nie. Es ist einfach wunderbar, wie gut wir uns verstehen!

Lünen, 16. Mai 2017

Rebekka hat mich gefragt, wann sie denn einmal selbständig unterrichten könne. Das fragt sie mich allen Ernstes nach zwei Wochen! Sie meinte, sie müsse im Vorbereitungsdienst BdU, und zwar pro Woche 9 Stunden, ableisten. Das sagt sie mir! Als würde ich als ihre Mentorin die Vorschriften des bedarfsdeckenden Unterrichts nicht kennen! Zuerst wusste ich gar nicht, was ich ihr erwidern sollte. Dann habe ich versucht, ihr in meiner ruhigen, aber bestimmten Art zu vermitteln, dass sie noch eine Menge zu lernen hätte, bevor sie selbst unterrichte. Pro Forma, wenn sie das beruhige, könne ich ihr für das Seminar ja bescheinigen, dass sie unterrichtet hätte! Ich hatte bei unserem Gespräch nicht den Eindruck, dass mein großzügiges Entgegenkommen bei ihr auf Dankbarkeit stieß.

Natürlich, einige Kinder begrüßen Rebekka schon fröhlich und kennen ihren Namen, aber der Kontakt alleine reicht ja nicht aus, um schon unterrichten zu können. Da gehört schon Einiges mehr zu!

Ich habe den Eindruck, dass Rebekka nach dem Wochenende verändert zurückgekehrt ist. Es tut ihr irgendwie nicht gut, dass sie freitags nachhause fährt, habe ich den

Eindruck. So fällt es ihr nur noch schwerer, sich auf die Arbeit hier ganz und gar einzulassen. Man merkt, dass sie nicht gerne hier ist. Ich verstehe, dass sie lieber einer Schule in Düsseldorf zugewiesen worden wäre. Hier ist ihr alles fremd. Aber das könnte ja auch dabei helfen, sich ganz auf das Referendariat zu konzentrieren und sich nicht ablenken zu lassen. Das Fremde birgt auch immer eine Chance. Und ich möchte ihr helfen, alle Möglichkeiten zu nutzen.

Lünen, 18. Mai 2017

Irgendetwas klappt mit dem Fliesen im Keller nicht. Roman wirkt manchmal verzweifelt. Ich wünschte, ich könnte ihm helfen. Aber davon habe ich leider keine Ahnung. Ich bin froh, wenn alles bald fertig ist. Es ist so schade, dass der Wonnemonat Mai an uns vorüberzieht, ohne dass wir unseren Garten genießen können. Aber wir haben ja noch so viele Wonnemonate vor uns!

In der Schule haben sich heute Marvin und Jakob in die Wolle gekriegt. „In die Wolle gekriegt" ist etwas zu harmlos ausgedrückt. Wir brauchten mal wieder den Verbandskasten. Diesmal war es wirklich gut, dass Rebekka mit im Förderraum war. So konnte sie bei den anderen Kindern bleiben, während ich mir mit Silke die beiden Kampfhähne vorgenommen habe. Natürlich hatte Marvin Jakob auf dem Schulhof auf seine übliche Weise provoziert. Er ist einfach zu intelligent für die Fördergruppe, unterfordert, was ihn vielleicht auch aggressiv werden lässt. Vielleicht sollte er doch mit im Klassenverband unterrichtet werden. Aber dann mischt er dort die ganze Gruppe auf.

Das haben Renate und ich schon mehrfach versucht. An Unterrichten ist dann überhaupt nicht mehr zu denken. Nicht, solange Stefans Mutter sich weigert, ihrem Sohn das Ritalin zu geben. Dann ist Renate mit zwei Durchgeknallten beschäftigt. Wir müssen da eine Lösung finden! Dringend!

Auf jeden Fall hat Rebekka ihre Aufgabe gut gemeistert. Als ich zurückkam, hatten alle ihre Mathematikaufgaben bearbeitet und im Raum herrschte eine ruhige Arbeitsatmosphäre. Bestimmt waren Angelina, Jascha, Mahmoud, Yasemin und Joel froh, dass Marvin nicht da war.

So, jetzt muss ich aber los und Lukas in der Kita abholen!

Lünen, 19. Mai 2017

Rebekka hat mich darauf aufmerksam
gemacht, dass sie sich für das EPG anmelden
muss. Die anderen im Seminar hätten bereits
Termine. Als ob ich nicht wüsste, dass das
Erst- und Perspektivengespräch in den ersten
sechs Wochen stattfinden soll! Schließlich
habe ich mich als Mentorin schlau gemacht!
Ich muss allerdings sagen, dass Rebekka mir
ihr Anliegen freundlich und vorsichtig
vorgetragen hat, und nachdem sie sich gestern
in der Fördergruppe durchaus gut geschlagen
hat, bin ich nicht abgeneigt, sie in der
nächsten Woche mit mir im Teamteaching
unterrichten zu lassen. Das Problem ist hier
natürlich, dass sie die Fächer Deutsch und
Sowi studiert hat und ich für die Fächer Mathe
und Sport ausgebildet bin. Dafür müssen wir
noch eine Lösung finden. Ich werde mich mit

Renate absprechen. Vielleicht kann Rebekka mit ihr im Klassenverband Deutsch unterrichten. Bei der Planung der Unterrichtsstunde werde ich sie natürlich unterstützen. Das ist schließlich meine Aufgabe.

Am Montag werde ich Rebekka bitten, mir bis zum Donnerstag eine erste, grobe Planung für eine Unterrichtsstunde vorzulegen.

Lünen, 21. Mai 2017

Das Wochenende ist etwas chaotisch gelaufen, so dass ich gar nicht mehr zum Schreiben gekommen bin. Roman hatte Kollegen zum Abendessen eingeladen. Eine schöne Idee. Am Samstag haben wir gemeinsam eingekauft und ich habe mich bereit erklärt zu kochen. Nichts Kompliziertes: Kartoffelgratin und Schweinemedaillons. Dazu einen leichten

Salat und danach Eis mit Himbeeren. Die gibt es ja immer tiefgefroren. Roman hat sich um die Getränke gekümmert.

So richtig vorzeigen kann man unser Heim ja noch nicht: im Garten liegt nach wie vor Geröll herum und jetzt sind auch noch die Fliesenreste und halbleere vertrocknete Mörtelsäcke dazugekommen! Der Keller ist auch noch immer nicht fertig. Na ja, ich glaube, Roman wollte mal etwas Anderes sehen als immer nur Fliesen. Das verstehe ich wirklich gut. Lukas war am Samstag in Kamen. Roman hat ihn am frühen Abend abgeholt, während ich gekocht habe. Alles hat wunderbar geklappt! Romans Kollegen sind wirklich nett. Ich bin froh, dass ich sie endlich einmal kennen lernen durfte. Ich kenne sie bisher ja nur aus Romans Erzählungen. Leider konnte ich nicht bis zum Schluss in

der Runde dabei sein, weil Lukas Bauchweh
hatte. Ich weiß nicht, was Mama ihm immer
zu essen gibt! Aber jedes Mal, wenn er bei ihr
und Papa war, hat er Bauchschmerzen.
Bestimmt stopfen sie ihn mit Süßigkeiten
voll, auch wenn Mama das immer abstreitet.
So habe ich dann bei meinem kleinen Mann
im Zimmer auf der Couch gelegen und er lag
– wie sonst auch, wenn er nicht schlafen kann
– auf meinem Bauch. Das beruhigt ihn. Aus
der Ferne hörte ich unsere kleine Abend-
gesellschaft plaudern und lachen. Das war
gemütlich und ich bin schließlich darüber
eingeschlafen.
Spät am Abend hat Roman unseren Kleinen
dann liebevoll ins Bett gelegt und mich
geweckt.
Heute war Lukas dann den ganzen Tag
irgendwie verquer. Er wollte nicht eine Minute

von meiner Seite weichen. Roman hat sich in den Keller zurückgezogen und weitergearbeitet und ich habe versucht, den kleinen Mann bei Laune zu halten.

Aber jetzt schläft der Wichtel und Roman und ich werden unseren gemeinsamen Abend genießen. Darauf freue ich mich!

Morgen werden Renate und ich uns darüber austauschen, wie wir Rebekkas EPG gestalten können. Wir haben uns per SMS verabredet.

Lünen, 26. Mai 2018

Rebekkas Planung wirkt unprofessionell und unausgegoren! Sie hat sie mir per Mail geschickt, worum ich sie, weiß Gott, nicht gebeten habe. Soll ich mich jetzt auch noch am Wochenende damit herumschlagen? Ich hatte ganz vergessen, dass der Donnerstag ein Feiertag war und heute ein Brückentag ist.

Trotzdem muss sie mich jetzt nicht auch noch privat behelligen.

Am Montag und Dienstag hatte ich ihr in der Pause kurz auseinandergesetzt, wie ihre Planung aussehen solle. Und jetzt schickt sie mir DAS! Mit der Anmerkung, dass die Planung laut Seminar so auszusehen habe. Bestimmt hat sie da etwas missverstanden. Das EPG soll im übrigen schon am 8.6. stattfinden. Es bleibt also nicht mehr viel Zeit. Der 8.6. ist ein Donnerstag. Und mittwochs ist Rebekka im Seminar! Das heißt, dass sie am Montag und Dienstag davor mit ihrer Reihe beginnen muss, passend zum Curriculum. Daran hat sie immerhin gedacht.

Renate hilft ihr – Rebekka hat sich geradezu an sie gehängt! Sie haben nach dem Unterricht zusammengesessen. Ich habe sie im

Lehrerzimmer gesehen, als ich nach Hause ging. Renate meint, Rebekka sei unsicher und brauche unsere Unterstützung. Das ist ja wohl meine Aufgabe! Und ich bin der Auffassung, was sie braucht, ist eine deutliche Ansage, dass sie so keine Unterrichtsplanung schreiben kann! Wir wissen doch alle noch von Laura, wie unangenehm die Fachleiter werden können, wenn ihnen eine Unterrichtsplanung missfällt. Da bin ich doch eher dafür, Rebekka die Wahrheit zu sagen und nicht um den heißen Brei herumzureden. Die Wahrheit ist in diesem Fall immer noch die beste Unterstützung, meiner Meinung nach. Sie hat viel zu wenig differenziert. Die Förderkinder brauchen mehr Zuspruch und eigene Arbeitsblätter. Und natürlich braucht es jede Menge Visualisierungen! Schließlich ist

Rebekka Sonderpädagogin! Das sollte sie auch nach außen zeigen.

Ich habe ihr die Planung in diesem Sinne erst einmal zusammengestrichen. Sie soll sich am Wochenende noch einmal daransetzen. Ich bin zwar nicht verpflichtet, ihr an meinem freien Tag Mails zu schicken, aber ich will schließlich auch nicht, dass ihr gleich beim ersten Besuch der Fachleiterin alles um die Ohren fliegt.

Beim EPG geht es ja primär sowieso nicht um die Stundenplanung, sondern vielmehr um die Lehrerpersönlichkeit. Nur: Da sehe ich leider auch Schwarz.

In der nächsten Woche werde ich Rebekka noch einmal eindringlich aufzeigen, dass sie energischer vor der Klasse auftreten muss. Sonst tanzen ihr die Mäuse auf dem Tisch herum. Sie ist einfach zu ruhig!

Zum Glück läuft hier zuhause alles wunderbar! Wenn wir auch mit unserer Arbeit, mit Lukas´ Erziehung und dem Ausbau viel zu tun haben – ich komme immer weniger zum Schreiben -- so ist doch Romans und meine Liebe zueinander ungebrochen!

Lünen, 5. Juni 2017

Wenn es mal dicke kommt, dann aber auch richtig: Lukas hat seit einer Woche die Windpocken. Zum Glück konnten Mama und Papa einspringen und ihn zu sich nehmen. Im Keller ist ein Rohr geplatzt und am Donnerstag ist Rebekkas EPG! Aber, das muss ich zu ihrer Verteidigung sagen: sie hat alle meine Vorschläge in der Planung umgesetzt. Jetzt muss sie es nur noch in der Praxis schaffen. Dann hat sie den ersten groben Schritt getan.

Lünen 8. Juni 2017

Das EPG war eine Katastrophe! Zwar gab die
Fachleiterin ein mildes, wohlwollendes Urteil
ab und hat den Unterrichtsablauf kaum
kritisiert, aber alles in allem kann Rebekka
froh sein, dass sie im Teamteaching mit
Renate unterrichtet hat. Ohne Renate wäre die
Stunde in einem Chaos geendet. Da bin ich
mir sicher. Rebekka war zu leise und nur
wenig präsent. Die Aufregung war ihr deutlich
anzumerken.

Silke war ebenso entsetzt wie ich. Sie hatte
Rebekka gestern völlig unerwartet mitgeteilt,
dass sie mit in die Unterrichtsstunde gehen
werde. Als Schulleiterin ist das ihr gutes
Recht. Rebekka schien nach dieser Mitteilung
noch eine Spur blasser und drohte, die
Fassung zu verlieren. Das sah man ihr an.

Kurz darauf hat sie das Lehrerzimmer verlassen. Nicht unbedingt ein Zeichen von Selbstbewusstsein.

Nach der Stunde war Silke im Lehrerzimmer dann in ihrem Element. Wir wissen ja alle, wie sie sein kann: „Das hätte ich nicht erwartet, dass ich als Schulleiterin einer Lehramtsanwärterin noch beibringen muss, wie man an der Tafel schreibt!" Tatsächlich war Rebekkas Schrift an der Tafel etwas krakelig und klein geraten. Und ich muss auch sagen, dass die Schrift einer angehenden Lehrerin akkurat und sauber sein sollte, wie auch ihr Äußeres. Trotzdem bin ich der Meinung, dass Silke diese Kritik nicht vor dem gesamten Kollegium hätte äußern müssen. Ich weiß, dass sie indirekt auch mich als Mentorin treffen wollte. Ich kenne sie! Dahinter steckt der Vorwurf: „Warum hast du

als Mentorin keine Tafelbilder eingeübt?"
Aber ich kann ja nicht auf alles achten! Dafür
reichen meine zwei Entlastungsstunden weiß
Gott nicht aus!
Auch wenn der Einstieg also nicht optimal
war: Ein Anfang ist gemacht. Darauf werden
wir aufbauen. Und das ordentliche und
leserliche Schreiben an der Tafel wird Rebekka
unter meiner Anleitung auch noch lernen!

Lünen, 9. Juni 2017
Rebekka hat sich bis einschließlich Dienstag
krankgemeldet, das Sensibelchen! Sie ist
nicht gerade das, was man kritikfähig nennt!
Renate hat sie auch noch verteidigt. Sie
meinte, wir sollten uns nur an unser eigenes
Referendariat erinnern. Das sei doch für fast
alle eine schwere Zeit gewesen. Ich wüsste doch
selber, dass dieses hierarchische

Ausbildungssystem der Willkür Tür und Tor öffne. Was für ein Pathos! Das ist doch sonst nicht Renates Art. Es wirkte ein bisschen übertrieben und lächerlich auf mich. Ich kann wirklich nicht behaupten, dass es mir in meinem Referendariat schlecht ergangen ist. Ich konnte immer schon das, was von mir erwartet und verlangt wird, schnell umsetzen.

Lukas weint. In der letzten Nacht hat er wieder so viel geschrien. Bestimmt hat die Woche bei seinen Großeltern ihn verunsichert. So lange waren mein Kleiner und ich noch nie getrennt. Roman scheint ihn nicht zu hören. Ich muss Schluss machen.

Lünen, 11. Juni 2017

Das Wochenende war wunderbar! Wir haben eine Fahrradtour an der Lippe gemacht, bis zum Cappenberger See. Wie lange haben wir so etwas nicht mehr gemeinsam unternommen! Lukas liebt es, wie ein König hinten auf seinem Sitz zu thronen, die Arme hochzuwerfen, wenn der Wind um seine Nase weht, und „hei, hei!" zu rufen. Ich glaube, er hat einen regelrechten Geschwindigkeits-rausch. Es ist so süß!

Abends hat Roman uns bei Gino eingeladen. Es ist nicht so einfach, mit Lukas Essen zu gehen. Er war schon sehr müde, hatte ganz rote Bäckchen und quengelte in einem fort. Seine Pizzabrötchen hat er zermantscht und auf dem Boden verteilt. Roman fand das nicht so witzig. Er meint, ich sei in der Erziehung zu nachgiebig. Das konnte ich natürlich nicht auf mir sitzen lassen. Wer hat denn Pädagogik studiert? Es ist doch wohl

vollkommen verständlich, dass der kleine
müde Mann nicht mehr konnte.

Als Lukas im Bett war, haben Roman und ich
uns wieder vertragen. Natürlich war es ein
bisschen schade, dass Lukas nach einer
Stunde wieder aufwachte. Aber alles in allem
war es ein rundes und erholsames
Wochenende, das ich mir redlich verdient habe!

Lünen, 12. Juni 2017

Silke hat mich im Lehrerzimmer vor allen
bloßgestellt! Anders kann ich das nicht
ausdrücken. Als ich Lukas heute in der Kita
abgeben wollte, haben die Erzieherinnen eine
ärztliche Bescheinigung verlangt, die belegt,
dass Lukas nicht mehr ansteckend ist. Als ob
ich mein Kind krank in die Kita bringen
würde! Das ist eine Unverschämtheit! Ich bin
doch selber Pädagogin. Ich weiß, wie es ist,

wenn Eltern ihre Kinder krank in der Schule abliefern. Und wir haben dann das Nachsehen. Also musste ich zuerst beim Kinderarzt vorbeifahren, der noch nicht geöffnet hatte, usw. Natürlich bin ich zwei Stunden zu spät zur Schule gekommen. Und Silke fand das gar nicht witzig. Ob jetzt in Zukunft jeder käme, wie er wolle! Als ob ich sie nicht direkt informiert hätte! Und was ist mit Rebekka, die sich am Freitag nach dem EPG direkt krankgemeldet hat? Über sie verlor Silke kein Wort. Silke hat doch selber zwei Kinder. Da muss sie doch Verständnis für solch eine Situation haben! Aber diesen Einwand fand sie gar nicht lustig. Als berufstätige Mutter sollte ich doch wohl in der Lage sein, mein Leben zu organisieren, war ihr Kommentar. Oder ob ich schon einmal erlebt hätte, dass sie einfach so zu spät gekommen sei? Einfach so! Die anderen haben

natürlich alle geschwiegen!

Roman meint, ich solle mich nicht so

aufregen. Bestimmt hätten die Erzieherinnen

mich doch darüber informiert, dass wir eine

Bescheinigung vorlegen müssten. Das könne

doch jedem passieren, dass er so etwas vergisst.

Von wegen! Das wüsste ich ja wohl! Andere

schlampen und ich kriege einen Rüffel!

Lünen, 16.Juni. 2017

Rebekka hat Tattoos! Ich habe sie heute zum

ersten Mal gesehen! Aber was noch schlimmer

ist: Die Kinder haben sie auch bemerkt und

fanden die bunten Bilder auf Rebekkas

linkem Arm offenbar ganz toll. Sie hatte eine

durchsichtige, langärmelige Bluse an, so dass

sichtbar wurde, dass der ganze Arm mit

irgendwelchen Figuren bedeckt ist. Bisher hat

sie ja immer nur langärmelige Hemden und Blusen getragen, und ich habe mich schon gefragt, was sie zu verbergen hat. Natürlich muss jeder selber wissen, wie er aussehen möchte. Das gehört zur persönlichen Freiheit eines jeden von uns. Aber in unserem Beruf sollte man doch ein Vorbild sein!

Roman ist der Meinung, sie komme nun einmal aus einer Großstadt. Da gehörten Tattoos und Piercings wahrscheinlich zur Normalität. Was will er mir damit sagen? Dass ich eine Hinterwäldlerin bin? Mag ja sein, dass Städter das lockerer sehen. Und natürlich hat jeder ein Recht auf seine freie Entfaltung. Da bin ich ganz offen. Aber doch nicht in einem öffentlichen Amt und als zukünftige Beamtin! Das kann ich mir einfach nicht vorstellen!

Wenigstens scheint Silke in dieser Sache meiner Meinung zu sein. Ich habe in der Pause beobachtet, wie sie nur kurz bei Rebekkas Anblick die Augenbrauen angehoben hat.

Bei Tobias waren wir beide uns ja auch schon einig, dass sein Aufzug mit den zerrissenen Jeans, dem Vollbart und den Piercings für einen Sozialpädagogen an einer Grundschule nicht angemessen ist. Silke konnte ihn in einem Vieraugen-Gespräch davon „überzeugen", dass zumindest seine Kleidung ordentlich zu sein hat, solange sie die Leiterin dieser Schule ist.

Es bestätigt sich immer mehr, dass mein erster Eindruck von Rebekka doch ganz richtig war. Auf meine Menschenkenntnis konnte ich mich schon immer verlassen, ob bei der Einschätzung von Kindern oder deren Eltern.

Mein erstes Urteil hat sich bisher in allen Fällen bestätigt.

Lünen, 18.Juni 2017

Das Wochenende war doch gut, um mich zu beruhigen und darüber nachzudenken, wie ich bei Rebekka weiter vorgehen soll. Lukas hat mich mit seinem Geplapper abgelenkt. Er kann jetzt schon so viele Wörter: „Ball" oder „Tinken" (damit meint er „Trinken"). Roman war im Garten beschäftigt. Er hat den Abfall zur Kippe gebracht. Langsam erkennt man den werdenden Garten.

Trotzdem lag mir natürlich meine „Entdeckung" vom Freitag die ganze Zeit im Magen. Als Mentorin fühle ich mich schließlich verantwortlich für Rebekka und das betrifft natürlich ihr gesamtes Auftreten. Ich glaube, es ist auch meine Aufgabe, ihr die

Ernsthaftigkeit des Lehrerberufes näherzubringen. Sie muss doch begreifen, dass sie als Sonderpädagogin Kindern und auch deren Eltern ein Vorbild zu sein hat. Es stehen doch auch der Ruf und die Glaubwürdigkeit der Kolleginnen und der Schule insgesamt auf dem Spiel, wenn jeder so rumläuft, wie er möchte! Von einer angehenden Lehrkraft kann ich doch wohl ein anständiges Äußeres erwarten! Aber mit so einer Einstellung, die sich durch Rebekkas Auftreten zeigt, ist man vielleicht auch nicht für den Schuldienst geeignet?

Mit Roman habe ich über meine Zweifel diesbezüglich nicht gesprochen. Er nimmt die Sache, meiner Meinung nach, auf die zu leichte Schulter. Aber ich habe mir vorgenommen, Silke ins Vertrauen zu ziehen. Ich denke, wir sollten mit unserer natürlichen

Autorität Rebekka ihre Grenzen auf positive
Weise aufzeigen.

Silke teilt meine Bedenken. Sie hatte ja schon
nach dem EPG ihre Zweifel. Ihr kam die Idee,
Rebekka an deren Geburtstag mit einem
passenden Sinnspruch ihren kindischen
Aufzug zu spiegeln. Seitdem Silke unsere
Schule leitet, ist es eine liebe Tradition
geworden, dass sie den Kolleginnen an ihren
jeweiligen Geburtstagen im Lehrerzimmer
einen eigens für sie ausgewählten, passenden
Spruch präsentiert. Es ist schon bemerkens-
wert, wie viel Mühe sich Silke gibt und wie
individuell sie die Sprüche für jede von uns
wählt. Mal enthalten sie ein Lob, mal eine
versteckte Kritik. Oft sind ja solche
pädagogischen Tricks wertvoller als ein

direkter Tadel. Ich habe auch schon im Unterricht gemerkt, dass ein indirekter, versteckter Hinweis Wunder wirken kann. Am Donnerstag hat Rebekka Geburtstag und ich habe Silke versprochen, auch nach einem passenden Spruch Ausschau zu halten.

Lünen, 20. Juni 2017

Oh! Wie ich diese Elterngespräche hasse! Diesmal mussten wir Jennifers Mutter kommen lassen. Jennifer schlägt andere Kinder und lügt, was das Zeug hält. Außerdem hat sie offenbar Chiaras Mäppchen gestohlen. Katharina hat sie letzte Woche in Flagranti erwischt. So hatten wir wenigstens einen Beweis, um die Mutter einzubestellen. Sobald ich Jennifers Mutter auch nur gesehen hatte, wusste ich, woher Jennifers Verhalten rührt: Eine eingeschränkte, völlig aufgedonnerte und zudem auch noch verlogene Person, die mir weismachen wollte, dass „ihre Jenny" zuhause ein ganz liebes Mädchen sei. Die Frau ist vollkommen unfähig, ihre Kinder zu erziehen! Und sie hat drei davon. Das bedeutet, dass Jennifers jüngere Geschwister demnächst auch an dieser Schule auftauchen werden. Ich habe versucht, diese Frau Krahwinkel davon zu überzeugen, dass sie mit Jennifer reden müsse, ihr klarmachen müsse, dass sie weder lügen, noch stehlen dürfe. Aber ich denke, meine Versuche waren zwecklos! Jetzt bleibt uns die Aufgabe, mit Jennifer zu reden. Katharina und ich werden uns zusammensetzen und überlegen, wie wir Jennifer verständlich machen können, dass ihr Verhalten nicht in Ordnung ist. Sie gilt in der Klasse schon als Außenseiterin. Niemand möchte etwas mit ihr zu tun haben oder neben ihr sitzen. Unser vorrangiges Ziel muss es also sein, sie wieder zu integrieren. Sonst hat sie keine Chance! Aber vermutlich ist das ihre Art, unsere Aufmerksamkeit auf sich zu lenken. Bestimmt hat sie auch zuhause schon einen Mechanismus entwickelt, die Mutter zu belügen oder zu bestehlen, um dann ausgeschimpft oder vielleicht sogar geschlagen zu werden, nach dem Motto: besser negative Aufmerksamkeit als gar keine. Und so wie diese Frau Krahwinkel aussieht, kümmert sie sich mehr um alles andere als um ihre eigenen Kinder.

Aber was mache ich hier? Ich habe Feierabend! Nebenan singt Roman unserem Kleinen ein Gutenachtlied vor (er brummt mehr, als dass er singt – ich muss immer wieder lachen, wenn ich das höre). Wie ich ihn liebe!

Morgen ist Mittwoch. Da ist Rebekka im Seminar. Ein Tag zum Aufatmen! Manchmal empfinde ich meine Verantwortung als Bürde.

Für ihren Geburtstag am Donnerstag habe ich einen, wie ich finde, durchaus passenden Spruch gefunden. Er lautet: „Persönlichkeiten werden nicht durch Äußeres geformt, sondern durch Arbeit und Fleiß." Mit diesem Spruch wollte ich Rebekka die Tür öffnen, ihr sozusagen einen Weg weisen, den sie gehen sollte. Aber Silke war mein Spruch nicht „klar" genug. Sie ist der Auffassung, wir sollten Rebekka mit dem Spruch spiegeln, dass sie momentan kein gutes Vorbild für unsere Kinder ist. Der Spruch, den Silke ausgesucht hat und den Rebekka jetzt übermorgen erhalten wird, lautet: „Es gibt keine andere vernünftige Erziehung als

Vorbild zu sein, wenn es nicht anders geht, ein abschreckendes." Ich finde den Spruch etwas zu hart. Aber vielleicht versteht Rebekka ja gar nicht, was wir ihr mitteilen wollen?

So, jetzt ist aber Schluss. Ich gehe nach nebenan zu meinen beiden Männern.

Lünen, 22. Juni 2017

Rebekka hat den Spruch definitiv verstanden. Nachdem Silke ihn im Lehrerzimmer laut vorgelesen hatte, sah man, wie Rebekka leicht errötete. Sie hat darauf unsere Gratulationen etwas steif, aber höflich entgegengenommen, hastig gedankt und dann ziemlich überstürzt das Lehrerzimmer verlassen. Der Hieb hatte also gesessen. Fast tat sie mir leid. Aber vielleicht hat Silke recht: ein klarer, ehrlicher, wenn auch schmerzhafter Hinweis ist vielleicht heilender und lehrhafter als ein zögerlicher.

Am Ende der Pause kam Rebekka mit leicht geröteten Augen zurück. Vermutlich hatte sie ein paar Tränen vergossen. Aber was mein Mitleid dann doch in Grenzen hielt, war die Tatsache, dass sie nach Nikotin stank, also ganz offensichtlich geraucht hatte. Ich war dann doch fassungslos. Man gibt ihr einen gut gemeinten Hinweis, dass ihr Verhalten einen Vorbildcharakter haben sollte und sie hat nichts Besseres zu tun, als sich Zigaretten zu kaufen?! Sie hat doch vorher nie geraucht! Was für ein labiler Charakter!
Meine Aufgabe scheint mir immer schwerer zu werden. Aber so schnell gebe ich nicht auf!

23. Juni 2017

Rebekka hat sich schon wieder krankgemeldet.
Ich fasse es nicht!

Die Arbeit mit ihr nimmt mich mehr mit, als
ich gedacht hätte. Sie führt zu Unruhe im
Kollegium. Katharina, mit der ich mich sonst
so gut verstehe, hat mich beiseite genommen
und gefragt, ob das mit dem Spruch wirklich
nötig gewesen wäre. Natürlich habe ich alles
von mir gewiesen. Schließlich kam der Spruch
von Silke und nicht von mir. Aber Katharina
hat mich nur zweifelnd angelächelt. Muss ich
mich jetzt wegen meiner Aufgabe als
Mentorin auch noch vor allen anderen
rechtfertigen? Fast scheint es mir, als treibe
Rebekka einen Keil zwischen uns.

Ich bin doch froh, wenn die Sommerferien beginnen! Aber bis dahin ist noch viel zu tun: Endspurt sozusagen: Zeugniskonferenzen, Zeugnisse schreiben, Elterngespräche, zwei Gutachten stehen noch an, wobei da das Positive ist, dass ich außerhalb der Schule bin. Und dann natürlich: Rebekka!!

Lünen, 25.Juni 2017

Roman hat mich am Freitagabend angesprochen. Er findet, ich sei angespannt. „Vergiss die Schule!" Mit diesen Worten hat er mich in seine starken Arme genommen. Das tut so gut! Er tut mir immer gut. Mit seiner Gelassenheit und Ruhe gibt er mir Kraft. Er schlug vor, Lukas über das Wochenende zu seinen Eltern zu bringen, damit wir einmal Zeit füreinander haben. „Ein Wochenende für uns allein. Nur wir beide, du und ich!" Das klang verlockend. Aber irgendwie war mir bei dem Vorschlag auch mulmig. Ich sehe mein Goldstückchen doch auch nur nachmittags nach der Kita. So viel Zeit verbringen wir als Familie nun wirklich nicht miteinander. Roman hat das natürlich sofort verstanden. Und so haben wir uns ein gemütliches Wochenende zu Hause gemacht: Erst haben wir im Baumarkt für unseren kleinen Mann einen Sandkasten und Sand gekauft und Roman hat dann am Samstag alles für ihn aufgebaut. Wie hat Lukas sich gefreut! Erst hat er uns leckere Kuchen mit seinen neuen Förmchen serviert, dann haben wir ihm noch den Bagger geschenkt und schließlich endete alles in einer einzigen Sandschlacht, als Lukas entdeckte, dass man die Förmchen auch als Sandschleudern benutzen kann.

Was habe ich gelacht! Ich glaube, Roman
muss neuen Sand kaufen.
Abends war Lukas dann so müde, dass
Roman und ich tatsächlich einen Abend für
uns hatten. Herrlich!
Ich bin doch froh, dass Rebekka bis Dienstag
krankgeschrieben ist.

Lünen, 28.Juni 2017

Rebekka hat sich beim Seminar darüber
beschwert, dass sie bei uns nicht unterrichten
dürfe. Silke hat mich zu sich gerufen. Die
Leiterin des Kernseminars, Frau Lochner, habe
sie angerufen und vorgeschlagen ein
Schlichtungsgespräch zu führen. Was für
eine Schlichtung? Es hat nie Streit gegeben!
Als ob wir an dieser Schule nicht schon genug
zu tun hätten! Was bildet sich Rebekka
eigentlich ein? Warum spricht sie nicht mit

uns bzw. mit mir? Ich bin doch immer für sie da! Wir sehen uns drei Tage pro Woche und per Whatsapp oder Mail bin ich auch erreichbar für sie.

Natürlich wollte Silke genau von mir wissen, wie meine Arbeit als Mentorin bisher abgelaufen sei. Mir kam ihre Befragung wie ein Verhör vor. Silke geht es natürlich mal wieder um den guten Ruf. Mit dem Seminar möchte sie unbedingt auf gutem Fuß stehen. Aber ich habe nichts zu verbergen und konnte ihr guten Gewissens berichten, dass Rebekka einen festen Stundenplan habe, sie regelmäßig bei mir und Renate hospitiere, dass sie auch schon die eine oder andere Aufgabe im Unterricht übernommen habe und ich sie bewusst behutsam an ihre Aufgabe heranführe, da sie immer noch ein wenig scheu und zurückhaltend den Kindern gegenüber sei. Außerdem versorge ich sie permanent mit Arbeitsblättern und anderem Unterrichtsmaterial, das ich mir in all meinen Arbeitsjahren zusammengestellt habe. Mit anderen Worten: Ich stelle ihr mein ganzes Wissen und mein pädagogisches Knowhow zur Verfügung.

Silke schien beruhigt. Ich glaube, sie überdenkt für das morgige Gespräch eine genaue Strategie. Darin ist sie überaus geschickt. Sie bat mich, sie machen zu lassen. Das ist für mich eine große Entlastung!

Lünen, 29. Juni 2017

Rebekka ist heute äußerst vorsichtig und scheu mit mir umgegangen. Wahrscheinlich hatte sie ein schlechtes Gewissen. In der Fördergruppe hat sie keinen Mucks von sich gegeben. Nur als Marvin ihr seine Aufgaben zeigen wollte, hat sie gelächelt, wenn auch nur zaghaft.

Sie hatte zu Recht Angst vor dem „Schlichtungsgespräch", das Silke hervorragend in unserem Sinne gemeistert hat. Sie konnte Frau Lochner glaubwürdig erläutern, dass Rebekka offenbar ein Kommunikationsproblem hat. Es wäre doch, weiß Gott, kein Problem gewesen, mich oder Silke anzusprechen, anstatt direkt Frau Lochners Zeit zu stehlen. Rebekka saß blass und stumm dabei. Erst als Frau Lochner sie aufforderte, ihre Sicht der Dinge darzulegen, erklärte Rebekka, sie habe versucht, mit mir zu sprechen. Silke verfolgte diese Aussage nur mit einem süffisanten Lächeln, das alles sagte. Und natürlich versicherte sie Frau Lochner am Ende, dass keiner Rebekka am Unterrichten hindern wolle. Sie sei herzlich eingeladen, an allen Verpflichtungen der Schule teilzuhaben.

Rebekka verschwand sehr schnell nach dem Gespräch und Frau Lochner kündigte an, ein Ergebnisprotokoll unseres Gespräches zu schreiben und jedem von uns per Mail zukommen zu lassen.

Ich bin erleichtert. Bisher habe ich meine Aufgabe mit viel Engagement und Herzblut ausgefüllt, habe mir nichts zuschulden kommen lassen und bin froh, dass Rebekkas Beschwerde zu Recht als Missverständnis wahrgenommen wurde.

Am Montag kann ich Rebekka mit neuer Kraft in meinem Sinne unterstützen. Denn ich weiß: So schnell wird sie sich nicht mehr über mich beschweren.

Lünen, 30.Juni 2018

Frau Lochner hat das Protokoll bereits gestern am späten Abend verschickt. Wie wir es erwartet haben, steht darin, dass sich die Kommunikation verbessern müsse. Außerdem solle Rebekka insgesamt 14 Stunden selbstständig unterrichten, davon 9 Stunden BdU, was mir nur recht sein kann. Dann läuft sie nicht mehr wie ein Hündchen hinter mir her und ich habe wieder ein wenig mehr Luft.

Offenbar hatte Rebekka auch schon hinter meinem Rücken mit Renate und Katharina gesprochen und sie gefragt, ob sie in deren Klassen unterrichten dürfe. Renate und Katharina hatten diesbezüglich noch vor dem Schlichtungsgespräch mit Silke gesprochen und ihre Bereitschaft erklärt, Rebekka unter ihre Fittiche zu nehmen. Ich nehme an, Silke wollte diese Information in der Hinterhand haben, falls es mit Frau Lochner zu einer Auseinandersetzung gekommen wäre. Sie sichert sich ja gerne ab. Was diese Absprache allerdings für mich bedeutet, hat keiner bedacht: Meine Autorität gegenüber Rebekka wurde rücksichtslos untergraben, wenn nicht beschädigt. Dabei bin ich doch ihre Mentorin! Dies habe ich Silke dann auch unmissver-ständlich zu verstehen gegeben. Sie hat meinen Vorwurf natürlich direkt zurück-gewiesen und mich dann doch gestärkt: „Du hast volle Weisungsbefugnis gegenüber Rebekka, du stellst ihren Stundenplan zusammen, und denk daran, dass Rebekka jetzt in alle Aufgaben einer Lehrkraft eingebunden wird, das heißt, sie nimmt ausnahmslos an allen Konferenzen teil, übernimmt ihren Teil der Pausenaufsicht, nimmt an Elterngesprächen teil, ist bei der Vorbereitung von Festen und Feiern dabei usw. Sie soll schließlich das ganze Programm zu spüren kriegen!", dabei nickte mir Silke augenzwinkernd und ein wenig verschwörerisch zu und ergänzte:" Und wer hat denn gesagt, dass die junge Dame freitags frei haben sollte, um früher nach Hause fahren zu können?" Da musste ich dann doch lächeln. Silke ist schon ein Fuchs!

Gleich heute Nachmittag werde ich mich also daransetzen, Rebekkas Stundenplan auszuarbeiten. Sie selber muss sich dann mit Renate und Katharina absprechen, was sie jeweils in deren Klassen inhaltlich durchnehmen soll. Damit habe ich jetzt nichts mehr zu tun.

In zwei Wochen sind Ferien.

Lünen, 2. Juli 2017

Das Wochenende hat mir wieder Kraft
gegeben.

Am Samstag haben Lukas und ich den
Garten genossen, soweit das wenig
sommerliche Wetter dies zugelassen hat. Der
Sandkasten ist wieder mit neuem Sand
aufgefüllt und das Plantschbecken haben wir
trotz der trostlosen Temperaturen und einiger
Schauer mit Wasser gefüllt. Lukas hat einige
Würmer und Schnecken in seinen Förmchen
ertränkt. Ich kam gerade dazu, um zu sehen,
wie er ihre Schwimmversuche beobachtet.
Bestimmt wird er einmal ein großer
Naturwissenschaftler, der neugierige kleine
Mann. Leider konnte ich die Tiere nicht mehr
retten. Wir haben sie zusammen feierlich
hinten im Garten beerdigt.

Roman war mit dem restlichen Innenausbau beschäftigt. Bald ist es geschafft! Dann feiern wir aber ein großes Fest!

Abends haben wir auf der Terrasse gegrillt und Roman hat sich bei einem Bier ausgeruht. Heute war ich tagsüber mit Lukas bei Mama und Papa. Sie lieben ihren Enkel abgöttisch. Und ich genieße es auch, wenn ich bekocht und bemuttert werde. Mama macht sich ja ständig Sorgen um mich und meint, ich solle mich schonen und ausruhen. Sie denkt, ich arbeite zu viel.

Lukas schläft (er hat das „Opa-Pferd" mit seiner kleinen Peitsche durchs Haus gejagt und ist jetzt todmüde. Das ist sein Opa wahrscheinlich auch).

Ich werde jetzt mit Roman im Wohnzimmer ein wenig fernsehen und dann früh schlafen gehen. Es war ein gemütliches Wochenende!

Lünen, 3. Juli 2017

Es ist doch typisch, dass das Sommerwetter an einem Montag beginnt! Hätten uns diese Traumtemperaturen nicht am Wochenende erfreuen können?

Trotzdem bin ich guter Dinge! Ich habe Rebekka ihren neuen Stundenplan überreicht, sie hat merkbar geschluckt. Aber sie hat es ja nicht anders gewollt. Dann hat sie sich mit Renate und Katharina zusammengesetzt. Ich bin froh! Mir bleibt jetzt nur noch die Arbeit vor Rebekkas Unterrichtsbesuchen. Ich werde ihr bei der Vorbereitung selbstverständlich helfen und ihre Unterrichtsplanung auch gerne korrigieren. Das muss reichen! Schließlich habe ich nur 2 Entlastungsstunden pro Woche. Ich habe mir bis jetzt viel zu viel zugemutet. Roman und Mama hatten also doch Recht. Ich war überarbeitet, habe mich viel zu viel aufgeregt. Wie gut sie mich kennen! Ich werde jetzt also bewusst zu meinem alten Rhythmus zurückkehren und mich wieder auf die Kinder, die mich brauchen, konzentrieren und sie in Mathe unterrichten und fördern. Das ist doch für mich als Sonderpädagogin meine eigentliche Aufgabe. Fast hätte ich das aus dem Blick verloren. Immer saß mir Rebekka im Nacken, ob in meinen Förderstunden oder danach. Immer war ich auf dem Sprung: Mischt sie sich jetzt in meine Unterrichtsführung ein, spricht sie eines meiner Kinder unvermittelt und völlig planlos an? Bringt sie mich mit ihrer Art aus dem Konzept? Selbst, wenn sie geschwiegen hat, so hat sie mich doch irgendwie heimlich beobachtet! Ich merke jetzt erst, wie mich das gestresst hat. Ich konnte bei ihren Hospitationen ja nie sicher sein, ob sie mir dazwischen fuscht.

Katharina hat mir mitgeteilt, dass sie an Rebekka die Wohnung vermietet, die ihr nach der Scheidung zugesprochen wurde. Vor zwei Tagen hätte ich noch das Gefühl gehabt, dass sie mir in den Rücken fällt. Aber jetzt? Ist mir doch egal. Macht doch alle, was ihr wollt und lasst mich in Ruhe! Und außerdem:Ich gönne Rebekka die Wohnung, obwohl ich nicht verstehe, wie sie das mit ihrem Gehalt als Referendarin finanzieren will. Aber das ist nicht mein Problem, und für Rebekka ist es wirklich besser, sie zieht so schnell wie möglich aus dieser schäbigen Pension aus. Wer weiß, vielleicht ändert sie dann auch ihr unzuverlässiges Verhalten und fehlt nicht mehr so oft, wenn sie in den eigenen vier Wänden lebt.

Niemand weiß so gut, wie ich, wie wichtig ein gemütliches, eigenes Heim ist!

Und das war das Stichwort: Bald sind Ferien und Roman, Lukas und ich werden es uns so richtig gemütlich machen in unserem eigenen Heim. Wir werden nicht wegfahren, dafür reicht nach dem Hauskauf und dem Ausbau das Geld einfach nicht. Aber in unserem Garten hat man doch immer ein Gefühl von Ferien! Wir werden Ausflüge machen, grillen, Freunde einladen und ich werde alles hinter mir lassen!

Lünen, 6. Juli 2017

Rebekka ist jetzt immer ganz zuckersüß zu mir. Ansonsten hat sie sich unter die Rockschöße von Renate verkrochen. Eigentlich hat Renate genug am Hals: die Schule, das große Haus, ihren kranken Mann, die demente Mutter. Und jetzt unterstützt sie in ihrer mütterlichen Art auch noch Rebekka. Sie ist einfach zu gutmütig! Heute haben beide auf der Zeugniskonferenz über die Kinder gesprochen, als sei Rebekka eine ebenbürtige Kollegin. Rebekka hat sich sogar getraut, Mahmoud und Marvin in ihrer Entwicklung zu beurteilen. Sie meinte, es sei vielleicht möglich, beide in Deutsch besser zu fördern. Ich habe zuerst geglaubt, ich höre nicht richtig! Sie spielt sich auf, als sei sie bereits eine ausgebildete Sonderpädagogin. Ich kann nur für die Kinder hoffen, dass Renate Rebekka im Zaum hält.

Mir jedenfalls hört Rebekka aufmerksam zu, wenn ich über die Kinder spreche. Sie weiß sehr wohl, wer von uns beiden die „echte" Sonderpädagogin ist und wo ihre Grenzen sind.

Ich soll Rebekka morgen vor den Ferien mit in
das Elterngespräch mit Stefans Eltern
nehmen. Silke verlangt das von mir. Fast
hätte ich sie gefragt, ob sie mir die letzten
Tage vor den Ferien verderben möchte.
Eigentlich läuft es inzwischen viel
harmonischer zwischen Rebekka und mir,
seitdem Renate und auch Katharina mehr mit
ihr arbeiten. Sie haben offenbar einen guten
Einfluss auf Rebekka, was mich freut.
Roman meinte am Wochenende auch, ich
wirke viel entspannter. Ob ich mit meiner
Aufgabe als Mentorin inzwischen besser
klarkäme. Ich weiß nicht, was er mir damit
sagen wollte. Ich bin mit dieser Aufgabe von
Anfang an „klargekommen", wie er sich
ausdrückt. Aber ich wollte mich mit ihm nicht
~~schon wieder~~ streiten. Rebekka und ich

kommen viel besser miteinander aus!
Trotzdem ist es mir nicht recht, dass sie in
das Elterngespräch mitkommen soll, aber
Silke wies nur auf das Protokoll von Frau
Lochner hin. Sie ist vorsichtig in Bezug auf
Rebekka geworden.

Lünen, 11.Juli 2017
Rebekka hat sich während des gesamten
Gesprächs nicht eingemischt, sondern
lediglich ruhig dabeigesessen und zugehört.
Sie hat doch eine Menge gelernt in den letzten
Wochen! Stefans Vater weigert sich standhaft,
seinem Sohn Ritalin zu geben und die Mutter
ist zu schwach, um sich ihm zu widersetzen.
Dabei muss sie ihren Sohn nach der Schule
ertragen. Ich möchte gar nicht wissen, wie es
bei ihnen zuhause zugeht, wenn Stefan schon
bei uns das ganze Klassenzimmer

auseinandernimmt und alle Aufmerksamkeit auf sich zieht. Er ist ja nicht nur zappelig und unkonzentriert, sondern inzwischen auch zunehmend aggressiv. Ich habe versucht, dem Vater zu erklären, dass sein Sohn, trotz seiner Intelligenz, so auf einer Förderschule für emotionale Entwicklung landen würde. Aber dieser Mann ist unbelehrbar. Ich hatte keine Chance.

Der Knaller kam dann nach dem Gespräch: Rebekka sagte mir doch tatsächlich, dass sie meine Geduld und meine Gesprächsführung bewundert und heute viel gelernt habe. Was will sie von mir? Will sie mir schmeicheln? Oder meint sie das ironisch? Schließlich habe ich nichts für Stefan erreichen können!

Lünen, 13. Juli 2017

Ich wusste, dass Rebekka etwas im Schilde führt! Heute erzählte mir Renate, dass Rebekka nach den Ferien eine Deutschförder-gruppe in ihrer Klasse und bei Katharina einrichten werde. Sie habe vorgeschlagen, Stefan aus dem Klassenverband heraus-zuholen und mit in die Fördergruppe zu nehmen, damit er nicht länger so abgelenkt sei, und dafür wolle sie Marvin, der ihrer Meinung nach in der Fördergruppe unterfordert sei, im Klassenverband lassen. Renate war ganz begeistert von Rebekkas Vorschlag und wollte von mir wissen, was ich davon halte. Ich habe ihr daraufhin ruhig erklärt, dass die Einteilung der Kinder in Fördergruppen meine Aufgabe sei und dass ich mir in Zukunft eine engere Absprache mit ihr wünsche. Als zuständige

Sonderpädagogin ist es meine Aufgabe, den Förderbedarf zu beurteilen bzw. zu beantragen und nicht Rebekkas.

Renate hörte mir ruhig zu, wie es ihre Art ist. Und dann meinte sie, eine Deutsch-Fördergruppe könne niemandem schaden. Mein Fachgebiet sei ja die Mathematik und da sei sie für meine Hilfe und Unterstützung sehr dankbar. Also haben wir uns darauf geeinigt, es Rebekka versuchen zu lassen. Wieder einmal wurde meine Autorität untergraben!

Lünen, 14. Juli 2017

Die Zeugnisse wurden vergeben! Und entspannt und freundlich habe ich mich auch von Rebekka verabschiedet. Als ihre Mentorin bin ich souverän und nicht nachtragend. Diese Professionalität habe ich mir in den letzten

Wochen zum Glück immer bewahrt. Nach den Ferien sehen wir weiter.

Lünen, 20. Juli 2017

Die erste Woche der Ferien ist schon fast vorüber. Die Tage vergehen wie im Flug. Es ist so lange her, dass ich Zeit für mich hatte. Roman muss die ersten drei Wochen noch arbeiten und auch Lukas ist noch in der Kita, die erst in meinen letzten drei Ferienwochen geschlossen ist. Ich arbeite im Garten, lese und schlafe manchmal über einem Buch ein. In den Büchern über das Mentorat habe ich noch ein wenig herumgeblättert. Wie naiv ich an die Sache herangegangen bin! Das begreife ich erst jetzt mit einigem Abstand. Man muss immer von der Person ausgehen, mit der man zusammenarbeitet. Theoretisch lässt sich so eine Aufgabe gar nicht planen. Und Rebekka

ist nicht gerade einfach zu führen. Roman
war müde, als ich gestern Abend mit ihm
darüber sprechen wollte, und hat sich in sein
Arbeitszimmer, das inzwischen fertig
geworden ist, zurückgezogen. Das verstehe
ich. Er hat auch schon länger keine Pause
mehr gehabt und soll sich ruhig ausruhen.
Lukas und ich haben dann noch etwas
gespielt, bevor ich ihn ins Bett gebracht habe.
Er macht große Fortschritte und schläft jetzt
auch mal allein.

Lünen, 24. Juli 2018

Katharina hat sich bei mir gemeldet und
gefragt, ob wir uns morgen nicht im
Tennisclub treffen sollen. Mein Gott, ich weiß
schon gar nicht mehr, wie Tennisspielen geht!
Wie lange ist das her, dass wir zusammen-
gespielt und danach einen Kaffee getrunken

haben! Ich habe mich riesig über ihren Anruf gefreut. Auch, wenn sie mich morgen gegen die Wand spielen wird. Sie hat ja ohne Familie viel mehr Zeit zum üben.

Lünen, 25. Juli 2018

Natürlich hat Katherina, wie ich vermutet hatte, gewonnen. Ich gönne es ihr. Es hat so gutgetan, rauszukommen und etwas Anderes zu sehen! Ich habe Katharina beim Kaffeetrinken um ein Feedback gebeten. Ich wollte wissen, wie sie meine Arbeit als Mentorin bewertet. Aber Katharina meinte nur, jetzt seien Ferien und ich solle mal abschalten. Recht hat sie!

Lünen, 27. Juli 2017

Die Kita hat angerufen. Sie wollen mich morgen sprechen. Ich hoffe, sie geben nicht

schon wieder so ein unprofessionelles Zeug
von sich wie beim letzten Mal. Roman trifft
sich heute Abend mit ein paar Kollegen. Mit
ihm kann ich nicht sprechen. Er fehlt mir.

Lünen, 28. Juli 2017

Roman meinte eben beim Frühstück, ich solle
ruhig bleiben in der Kita. Ich solle an Lukas
denken. Was denkt er denn? Ich tue nichts
Anderes als an Lukas zu denken!
Oh jeh! Er schreit. Hoffentl

Lünen, 28. Juli 2017, am Abend

Was für ein Tag! Lukas ist bei dem Versuch,
aus seinem Bettchen zu klettern, kopfüber
hinausgefallen. Daher das abrupte Ende heute
Morgen. Roman wollte das Gitterbettchen
schon lange abschaffen, aber ich fand, dass
Lukas noch so klein ist. Aber Roman war mal

wieder klug und weitsichtig. Dafür liebe ich ihn auch so.

Lukas hat so geschrien, nachdem er gefallen war, und wollte sich gar nicht helfen oder trösten lassen. In seinem Schock hat er nur um sich geschlagen. Leider ist bei unserer Rangelei meine Brille zu Bruch gegangen. Schließlich konnte ich ihn aber mit seinem Lieblingskuscheltier, dem Dino, beruhigen und wir sind zum Kinderarzt gefahren. Natürlich wollten die Sprechstundenhilfen mich ins Wartezimmer schicken. Bei einem Notfall! Es hat mich einige Mühe gekostet, sie zu überzeugen. Aber da kenne ich ja nichts! Es ging schließlich nicht um einen leichten Schnupfen!

Dr. Walter konnte mich dann aber beruhigen. Lukas hat zum Glück keine Gehirnerschütterung. Inzwischen hat er sich auch schon

wieder beruhigt und wirft draußen im Garten mit Kieselsteinchen, wobei er so süß lacht.
Der Kita habe ich abgesagt. Die können warten.

Lünen, 31. Juli 2017

Die Erzieherinnen in der Kita sind völlig unfähig. Sie schlagen mir - mir! - vor, in eine Beratungsstelle für Eltern zu gehen. Lukas sei nach wie vor verhaltensauffällig, aggressiv, beiße immer noch die anderen Kinder und bewerfe sie mit Spielzeug oder draußen mit Sand und Steinen. Ich bin fassungslos! Lukas ist nicht einmal 2 Jahre alt. So eine Phase durchläuft doch jedes Kind einmal. Das gibt sich nach einer Weile ganz von selbst. Das müssten ausgebildete Erzieherinnen doch wissen! Natürlich habe ich Lukas direkt wieder mit nach Hause genommen. Seine Ferien beginnen jetzt eben eine Woche früher.

Roman meint, wir sollten den Hinweis der Erzieherinnen ernstnehmen. Ihm sei auch schon aufgefallen, dass Lukas schnell ausraste. „Ausrasten"! Wo hat Roman bloß diesen Ausdruck her? Das ist doch gar nicht sein Stil. Ich habe versucht, ihm klarzumachen, dass es womöglich zu einer frühzeitigen Stigmatisierung unseres Kindes kommen könne, wenn wir zu einer Beratungsstelle gehen. Und die Erzieherinnen werden sich schon wieder beruhigen. Ich denke, ich konnte Roman überzeugen. Wir drei müssen doch zusammenhalten!

Lünen, 1. August 2017

Lukas hat die ganze Nacht geschrien und geweint. Als ob er ahnen würde, dass über ihn gesprochen wurde. Er ist ein so kluges und sensibles Kind mit einem guten Gespür für negative Schwingungen. Erst am frühen Morgen sind wir zwei eingeschlafen. Jetzt machen wir uns erst einmal ein leckeres Frühstück. Roman ist schon zur Arbeit gefahren.

Lünen, 6. August 2017

In den letzten Tagen waren Lukas und ich bei Mama und Papa in Kamen. Roman meinte, das sei das Beste für uns beide nach den Aufregungen. Er ist so rücksichtsvoll!
Die Tage in Kamen waren einfach wundervoll. Mama hat mich nach Strich und Faden verwöhnt. Wir beide sind sogar an einem Tag in die Sauna gefahren und haben es uns so richtig gutgehen lassen.

Lukas liebt seinen Opa. Der Opa hat ihm ein Holzgewehr ausgesägt. Zugegeben, damit war ich erst nicht einverstanden. Aber Lukas hat sich so gefreut! Da konnte ich den beiden doch nicht den Spaß verderben.

Lukas hat tatsächlich in den Nächten durchgeschlafen. Er war so zufrieden. Und außerdem liebt er es, mit seiner Mama in dem kleinen Zimmer unter dem Dach zu schlafen. Morgen fahren Lukas und ich wieder nach Hause. Ich habe täglich mit Roman telefoniert. Am Wochenende ist er mit dem Keller fertig geworden. Das muss unbedingt gefeiert werden!

Lünen, 9. August 2017

Der Keller sieht phantastisch aus! Roman ist mein Held!

In der nächsten Woche feiern wir unsere Einweihungsparty.

Lünen, 18. August 2017

Die Zeit rast davon. So ist es immer in den Ferien. Am Anfang denkt man, man hätte lange, lange sechs Wochen vor sich und die letzten Wochen rinnen einem wie Nichts durch die Finger. Morgen ist unsere große Einweihungsparty.

Schade, dass Mama und Papa nicht dabei sein können. Sie passen auf Lukas auf. Wir haben ihn eben zu ihnen gebracht.

Roman hat seit einer Woche Urlaub. Wir haben wunderbare Tage zusammen verbracht, sind ins Schwimmbad gefahren, haben Ausflüge gemacht. Zwar hat Roman ab und zu Bemerkungen fallen lassen, was Lukas betrifft, z.B. als Lukas im Schwimmbad ein kleineres Kind ins Wasser geschubst hat, aber ich konnte ihn überzeugen, dass das nur ein harmloser, normaler Spaß unter Kindern war. Es war schließlich nur ein Babybecken. Was kann da schon passieren?

~~Manchmal kommt es mir so vor, als beobachte Roman sein Kind.~~ Alles in allem waren es harmonische Tage.

Ich freue mich sehr auf unser Fest morgen! Auch, wenn es für mich noch viel zu tun gibt.

Lünen, 20. August 2017

Die Party war ein voller Erfolg! Roman und ich hatten Freunde, Kollegen und Nachbarn eingeladen. Alle waren begeistert von unserem Haus und dem Garten. Roman wurde sehr gelobt für seine Arbeit. Ich bin so stolz auf ihn! Vor allem die Männer wollten natürlich

genau wissen, wie er was gebaut hat. Männer
unter sich!

Während die Männer gefachsimpelt haben,
habe ich Silke, Gaby, Claudia, Renate,
Katharina, Lisa, Ursula, unsere Nachbarin
und die anderen alle herumgeführt. Besonders
das Wohnzimmer mit der großzügigen
Glasfront zum Garten hat ihnen gefallen.
Silke hat sich sogar erkundigt, wo wir die
Polstergarnitur gekauft haben. Romans
Eltern haben uns diese Designermöbel zum
Einzug geschenkt. Silke hat schon einen
besonderen Geschmack.

Gegen Ende der Party, als nur noch wenige da
waren, hatte ich einen ganz schönen Schwips.
Ich weiß nicht mehr genau, wie es dazu kam,
aber plötzlich erzählte Katharina mir
strahlend, dass Lisa zu ihrer Hochzeit im
September das ganze Kollegium, also auch

Rebekka, einladen werde. Roman hat versucht, mich zu beruhigen und mich ins Schlafzimmer gebracht. Ich erinnere mich nur noch daran, wie er mich geküsst und liebevoll zugedeckt hat.

Lünen, 21. August 2017

So, das Haus ist wieder aufgeräumt und geputzt. Roman wirkt ein bisschen still. Wahrscheinlich ist er müde. Schließlich hat er vor seinem Urlaub die ganze Zeit hart gearbeitet und hier im Haus alles fertig gebaut. Wenn er sich erst einmal richtig ausgeruht hat, wird er mit mir und Lukas alles genießen können.
Unseren kleinen Mann holen wir gleich ab.

Lünen, 21. August 2017, am Abend

Ich weiß nicht, was ich sagen soll! Lukas hat eine große Beule am Kopf und Mama und Papa haben es nicht für nötig gehalten, uns Bescheid zu sagen. Er ist wohl vom Baum gefallen! Ich dachte, ich höre nicht richtig! Was macht mein 1 1/2jähriger Sohn auf einem Baum? Mama war ganz verlegen. Offenbar haben Papa und Lukas „Taubenschießen" gespielt. Mehr wollte ich gar nicht wissen. Roman und ich haben unseren Jungen und seine Sachen zusammengepackt und sind nach Hause gefahren.

Roman wollte wieder einmal Frieden stiften und mich beruhigen, aber was zu viel ist, ist zu viel!

Lünen, 27. August 2017

Die letzten Tage haben wir doch noch genossen. Ich habe mich – dank Roman – mit Mama und Papa wieder vertragen. Sie haben mir versichert, in Zukunft auf solche albernen Spiele zu verzichten. Mama hat mir lachend versprochen, ein Auge auf „die beiden Kinder" zu haben.

Roman hat sich viel mit Lukas beschäftigt, hat mit ihm Fußball gespielt und ihm abends vorgelesen. Lukas tut das gut. Das merke ich. Die beiden haben in den letzten Monaten ja nicht gerade viel Zeit miteinander verbracht. Wir alle haben uns in den Ferien gut erholt. Ich habe Kraft gesammelt und frage mich inzwischen, worüber ich mich eigentlich so aufgeregt habe. Ich habe mir vorgenommen, mich nicht aus der Ruhe bringen zu lassen. Durch nichts und niemanden.

Meine Aufgabe als Mentorin werde ich – wie schon vor den Ferien – ernst nehmen und mit Gewissenhaftigkeit erfüllen.

Zuerst werde ich einen Aufgabenkatalog für Rebekka zusammenstellen und ihren neuen Stundenplan ausarbeiten, und zwar werde ich die Stunden so verteilen, dass sie jeden Tag erscheinen muss, wenn auch nur für zwei Stunden. Sie soll sich an den Rhythmus einer vollen Stelle gewöhnen und frühzeitig lernen, dass die Arbeit kein Zuckerschlecken ist. Dann kümmere ich mich um meine Arbeit.

Lünen, 30. August 2017

Ich hatte ganz vergessen, dass Rebekka am ersten Schultag im Seminar ist. Umso besser! So konnte ich Renate und Katharina in Ruhe darauf einstielen, dass sie mich jederzeit über Rebekkas Schritte informieren.

Die Begrüßung im Kollegium war herzlich. Es war schön, meine Kolleginnen alle wiederzusehen. Silke hat uns nett begrüßt und uns allen eine gute Zusammenarbeit gewünscht. Nur Tobias schien etwas fehl am Platz. Er verließ das Lehrerzimmer noch vor Stundenbeginn. Ich vermute, er war beleidigt über Silkes Bemerkung, sie hoffe, er werde im nächsten Halbjahr einmal unter Beweis stellen, dass auch Männer in der Lage seien, Kindern ein gutes Vorbild zu sein. Ein harmloser Scherz, über den wir anderen herzhaft lachen konnten. Er sollte nicht so schnell eingeschnappt sein. So ist nun mal Silkes Art.

Morgen kommen die Erstklässler. Wir sind alle gespannt. Mehr auf die Eltern, als auf die Kinder. Mal sehen, was für „Kaliber" dabei sind. Die Kinder sind in diesem Alter ja meistens noch süß und können nichts für ihre Eltern. Lisa und Gaby bekommen ein erstes Schuljahr. Man merkte ihnen heute schon die Anspannung an. So eine neue Klasse ist ja jedes Mal wie eine Wundertüte.

Lukas spielt im Garten. Gleich kommt Roman nach Hause. Gut, dass unsere Familie so intakt ist!

Lünen, 31. August 2017

Rebekka begrüßte uns heute alle betont fröhlich. Sie war braungebrannt und wirkte gelöst und ausgeruht. Offenbar war sie zwei Wochen in Holland. Ich hörte, wie sie das Renate erzählte. Ich weiß nicht, wie sie sich überhaupt einen Urlaub leisten kann bei ihrem kleinen Gehalt. Schließlich musste sie ja auch den Umzug nach Hamm finanzieren. Aber wahrscheinlich haben ihr ihre Eltern alles bezahlt, so verwöhnt, wie sie ist.

Alles begann wieder so, wie es sich schon vor den Ferien abgezeichnet hat: Ohne eine Absprache mit mir zu treffen, hat sie gestern im Seminar die Termine für ihre kommenden Lehrproben festgelegt. Und diese liegen ganz knapp hintereinander. Mir erklärte sie, dass sie so schnell, wie möglich, die Unterrichts-besuche hinter sich bringen wolle, um am Ende des Vorbereitungsdienstes genügend Zeit zum Lernen für das Abschluss-kolloquium zu haben. Sie tut gerade so, als sei es selbstverständlich, dass sie überhaupt so weit kommt, was mir bei ihrer Persönlichkeit nach wie vor fraglich erscheint. Und wie viel Arbeit das für mich bedeutet, hat sich die Madame natürlich auch nicht überlegt. Der erste Besuch soll schon am 14. September, also in zwei Wochen stattfinden. Das ist doch Wahnsinn! Rebekka möchte in Renates Klasse eine Reihe über Adjektive im Deutschunterricht machen. Und Renate hat sich einverstanden erklärt! Die beiden haben sich offenbar schon gestern per Whatsapp darüber verständigt. Wahrscheinlich war Rebekka deshalb so fröhlich – bei dem Gedanken, mich mal wieder ausgebootet zu haben. Permanent wird meine Autorität untergraben! Mir gegenüber behauptete sie, sie habe mich privat nicht stören wollen und deshalb bis heute gewartet, um mit mir zu sprechen. So etwas Verlogenes! Schließlich hat sie Renate auch privat behelligt.

Im Gegenzug konnte ich ihr dann aber auch schon ihren komplett ausgearbeiteten Stundenplan überreichen. Denn ich habe meine Aufgabe ernstgenommen und alles

Nötige vorbereitet. Mir kann keiner zum Vorwurf machen, ich sei keine gute Mentorin! Aber gedankt hat Rebekka mir nicht für diese schnelle Unterstützung. Im Gegenteil! Angesichts der vielen Freistunden, die zwischen ihren einzelnen Unterrichtsstunden liegen, schien sie sogar unzufrieden zu sein. Dabei sollte sie die Freistunden nutzen, um im Lehrerzimmer ihren Unterricht vorzubereiten. Zwar ist es dort eng und oft auch laut. Aber so sind nun einmal unsere Arbeits-bedingungen.

Zu allem Überfluss musste mir Renate dann am Unterrichtsende auch noch aufs Butterbrot schmieren, wie sehr sich die Kinder gefreut hätten, Rebekka wiederzusehen, vor allem Mahmoud und Marvin. Was soll das? Will sie mich absichtlich kränken? Mich haben

Mahmoud, Marvin und die anderen auch gegrüßt, als sie mich gesehen haben.

Ich werde mich durch all diese Intrigen nicht beirren lassen und weiter meine Arbeit tun: professionell und gut.

So, und jetzt hole ich Lukas von der Kita ab. Ich freue mich schon auf ihn. Er ist so groß geworden. Dauernd möchte er mir etwas erzählen und wenn ich ihn nicht sofort verstehe, kriegt der kleine Mann ein ganz rotes Gesicht und Jähzornsanfälle. Das ist so süß! Ja, ich freue mich auf ihn und auf Roman heute Abend!

Lünen, 1. September 2018

Rebekka hat bereits die ganze Reihe ausgearbeitet – ohne mich vorher um Rat zu fragen!

Das ist doch wirklich dreist. Sie meint, sie habe in den Ferien schon einmal vorgearbeitet. Heute hat sie mir ihren Entwurf für den 14. vorgelegt. Nach dem ersten Überfliegen konnte ich – wie schon beim Entwurf zum Erstgespräch - nur wiederholen, dass zu wenig sonderpädagogische Aspekte enthalten sind. Fachlich mag das ja alles stimmen. Deutschdidaktik ist nicht mein Fachbereich. Dazu kann Renate mehr sagen. Aber was die Unterstützung der lernbehinderten Kinder angeht, muss sie schon offensiv zeigen, was sie draufhat. Rebekka meinte auf meinen Rat hin, sie habe doch für jedes einzelne Kind das Material differenziert. Ich muss schon zugeben, dass mir ihr Material gefällt. Für Mahmoud hat sie sogar neben die Adjektive eine arabische Übersetzung geklebt, die sie im Internet herausgesucht hat. Er hat die

Aufgabe, die deutschen Adjektive in sein Heft zu schreiben und seinen Wortschatz zu erweitern. Für Angelina und Yasemin, die große Probleme mit dem Schreiben haben, hat sie Tablets besorgt. Dort können die beiden Adjektive, die Rebekka extra für sie aufgenommen hat, hören und dann in einem dazugehörigen Arbeitsblatt suchen und unterstreichen. Rebekka hat sich wirklich viele Gedanken um jedes einzelne Kind gemacht und überlegt, auf welche Weise die Kinder die Wortart am besten verstehen Aber das reicht nun einmal nicht! Wichtig ist doch, ihre Arbeit beim Unterrichtsbesuch für die Fachleiterin sichtbar zu machen. Ich bin ein geduldiger und kompetenter Mensch. Ich arbeite seit einigen Jahren erfolgreich mit den Kindern. Und ich weiß auch, was das Seminar von den Lehramtsanwärtern erwartet. Rebekka sollte sich also in dieser Sache auf meine Kompetenz verlassen!

Ich erklärte ihr, wirklich geduldig, dass sie Smileys und andere Visualisierungen für die Förderkinder einsetzen müsse. Aber Rebekka ist der Meinung, das sei keine Inklusion, sie wolle die Kinder nicht auf diese Weise in der Klasse bloßstellen, indem sie sie immer wieder in den Mittelpunkt rücke mit Visualisierungen und Anweisungen. Sie sprach sogar von einer „Stigmatisierung" und dabei hatte sie doch tatsächlich Tränen in den Augen, diese sentimentale Anfängerin! Einfach lächerlich!

Aber ich werde mich nicht aufregen. Soll sie doch ins offene Messer laufen. Sie hat wirklich nicht verstanden, worum es bei den Lehrproben geht, dass nämlich sie diejenige ist, die im

Mittelpunkt der Beobachtung steht und beurteilt wird, und nicht die Kinder.

Gut, dass ich Frau Specht, die zuständige Fachleiterin für LB, kenne! Ich werde wohl im Vorfeld ihres Besuches mit ihr sprechen müssen. Rebekka lässt mir keine andere Wahl. Ich glaube, ich muss der jungen Lehramtsanwärterin mal den Kopf zurechtrücken, sie in ihre Schranken weisen und ihr zeigen, wer hier das Sagen in Sachen Sonderpädagogik hat.

Natürlich habe ich heute Abend Roman ins Vertrauen gezogen. Seine Meinung ist mir so wichtig. Er meint, ~~es sei nicht meine Aufgabe als Mentorin mit den Fachleitern über Rebekka zu reden. Das sei doch irgendwie illoyal. Ich~~ ich müsse mich doch eigentlich vor meinen Schützling stellen. Was aber, wenn mein „Schützling" nicht auf mich hört? Irgendwie muss ich die mir anvertraute junge Frau doch in die richtigen Bahnen lenken. Und wenn es nicht anders geht? Ich glaube, Roman versteht mein Problem. Es hat gutgetan, mit ihm zu sprechen.

Jetzt schaue ich noch einmal nach unserem Schatz! Am Wochenende werden wir zusammen etwas Schönes unternehmen.

Lünen, 3. September 2018

Dank Roman hatte ich ein wunderbares, ruhiges Wochenende. Er hatte mir am Freitag vorgeschlagen, dass er mit Lukas über das Wochenende zu seinen Eltern nach Dortmund fährt. So könne ich ausspannen von den ersten Schultagen. Er hat immer so viel Verständnis für mich! Ich war wirklich irgendwie erschöpft. Vielleicht brüte ich ja irgendetwas aus? Zumindest fühle ich mich angegriffen.

Gleich kommt Roman mit Lukas zurück. Ich freue mich auf die beiden!

Heute werde ich früh schlafen gehen, um morgen mit neuer Kraft, eine neue Schulwoche zu beginnen.

Lünen, 4. September 2018

Ich habe Frau Specht kontaktiert, ihr Rebekkas Unbelehrbarkeit geschildert und um ihre Unterstützung gebeten. Sie war zwar zurückhaltend, aber ich denke, sie hat verstanden, dass es mir nur um Rebekkas Wohl geht.

Lünen, 5. September 2018

Heute hat Rebekka, ohne mich vorher darüber zu informieren, eine Sitzecke im Förderraum eingerichtet – mit einem Stoffhimmel und anderem Klimbim. Sie nistet sich immer mehr ein! Ich frage mich, wie Renate das zulassen kann!

Lünen, 6. September 2018

Ein Tag ohne Rebekka! Jeden Mittwoch, wenn sie im Seminar ist, atme ich auf. Die Sitzecke im Förderraum habe ich beiseite geräumt. Das ist mein Raum! Ich arbeite dort mit meinen Kindern!

Lünen, 7. September 2018

Renate hat die Sitzecke doch tatsächlich wieder zurückgeräumt, bevor Rebekka wiederaufgetaucht ist. Sie hat mich beiseite genommen und mir gesagt, ich hätte doch genug Platz für meine Pulte und Stühle. Ihrer Meinung nach könne Rebekka doch ruhig die

Sitzecke für die Deutsch-Fördergruppe nutzen. Sie wäre mir damit doch nicht im Weg. Außerdem könne ich, in Absprache mit Rebekka, doch auch diese gemütliche Ecke zur Entspannung mit den Kindern nutzen, wenn sie einmal unkonzentriert seien. „In Absprache mit Rebekka"!? Ich fasse es nicht!

Lünen, 8. September 2018

Rebekka will tatsächlich ab Montag eine Deutsch-Fördergruppe installieren. Und Stefan soll auch dabei sein! Marvin soll während des Deutschunterrichts im Klassenverband unterrichtet werden. Rebekka will für ihn gesondertes Material zur Verfügung stellen, falls er unruhig wird. Natürlich habe ich mich in der Pause sofort an Silke gewandt. Aber Silke war bereits unterrichtet! Renate hatte schon alles mit ihr abgesprochen. Silke ist der Meinung, dass eine Deutsch-Fördergruppe sich an unserer Schule gut mache. Sie will Rebekka zunächst die Gestaltung und Einrichtung der Sitz- und Leseecken überlassen und dann könne ich als Profi später die Gruppen übernehmen, falls Rebekka versage. Was soll ich denn noch alles machen?

Auch bei Katharina in der Klasse soll es demnächst eine Deutsch-Fördergruppe geben. Katharina und Renate sind der Meinung, dass Rebekka dann die Möglichkeit habe, bei den Unterrichtsbesuchen ihren Unterricht auch einmal nur mit der Fördergruppe zu zeigen.

~~Renate erklärte mir, sie hätten mich nicht informiert, weil ich in letzter Zeit so angespannt wirke. Sie hätten mich entlasten wollen. Ob ich Stress zuhause mit Roman oder~~

Lukas hätte. „Stress mit Roman oder Lukas"!

Ich glaub, ich spinne!

Die einzige, die mir Stress macht, ist das

Fräulein Lehramtsanwärterin!

Ich fürchte, Rebekka wird alle enttäuschen!

Warten wir´s ab!

Lünen, 10.September 2018

Roman hat mich gestern gefragt, warum ich

nichts mehr über die Kinder in der Schule

erzähle. Ich würde immer nur über Rebekka

sprechen. Rebekka hier, Rebekka da. Er wollte

wissen, was denn mit mir los sei.

Rebekka tut Roman und mir nicht gut!

Ich habe ihm genau geschildert, wie Rebekka

sich breitmacht, im Kollegium, in den

Räumen, bei den Kindern…, in meinem Leben

Roman hat mich im Anschluss ins Bett

gebracht und mir eine Schlaftablette gegeben,

weil ich in letzter Zeit immer so schlecht

schlafe, und er hat mir versprochen, Lukas ins

Bett zu bringen. Ich liebe ihn!

Heute war er dann alleine den ganzen Tag

mit Lukas unterwegs, damit ich mich

ausruhen kann.

Lünen, 11. September 2018

Rebekka hat mir ihre Planung gegeben und

mich gefragt, ob ich einmal darüber schauen

könne. Sie tut so, als sei nichts vorgefallen,

wirkt sogar fröhlich. Sie plapperte ganz

unbefangen über die Kinder. Die seien ihr ans

Herz gewachsen, und dass sie den Eindruck

habe, angekommen zu sein. Auch sei sie

dankbar für meinen Rat. ~~Ja, jetzt kurz vor~~

~~dem Unterrichtsbesuch schleimt sie sich bei~~

~~mir ein!~~ Ich als ihre Mentorin werde ihr zur

Seite stehen, auch wenn sie meine Hilfe nicht

annimmt und meine Ratschläge nicht
umsetzt.

Als Silke in der Pause verkündete, sie wolle
wieder bei Rebekkas UB dabei sein, verging
Rebekkas Fröhlichkeit prompt.

Lünen, 12. September 2018

Die Kita hat angerufen. Lukas habe einen
anderen Jungen mit einem Stein beworfen
und diesen am Kopf getroffen. Der Junge
musste ins Krankenhaus gebracht werden.
Bestimmt hat er unseren Lukas provoziert.
Ohne Grund macht unser Schatz das nicht!
Die Erzieherinnen forderten, dass ich Lukas
sofort abholen solle. Unglaublich. Natürlich
habe ich Lukas da rausgeholt! Wer weiß, was
sie noch mit ihm anstellen. Angeblich wollen
die Eltern des anderen Jungen die Kita oder
uns oder, was weiß ich, wen, verklagen.

In der Schule habe ich mich krankgemeldet.
Lukas ist jetzt wichtiger als Rebekkas
Entwurf. Ich habe überdies getan, was ich tun
konnte.
Roman hat versprochen, auch gleich nach
Hause zu kommen.

Lünen, 13. September 2018
~~Roman meint, wir sollten mit Lukas doch zu~~
~~einer Beratungsstelle gehen.~~ Roman hat sich
bis Ende der Woche freigenommen, um bei
Lukas zu bleiben.
~~In der Schule haben die Kinder mich gefragt,~~
~~wann Rebekka endlich wiederkomme.~~

Lünen, 14. September 2018
Ich wusste doch, dass ich Recht hatte!! Die
Unterrichtsprobe ist, wie schon das EPG,
katastrophal verlaufen. Frau Specht hat genau

die Punkte bemängelt, die ich ihr telefonisch schon angekündigt hatte. Auch das Fehlen von Stundentransparenz und die mangelhafte Reflektion und Ergebnissicherung am Ende der Stunde wurden kritisiert. Zum Schluss machte Frau Specht – wenn auch, wie mir schien, halbherzig - Rebekka noch Mut und versicherte ihr, dass sie das Unterrichten bestimmt von Mal zu Mal besser beherrschen werde, was ich zu bezweifeln wage. Nachdem Frau Specht gegangen war, führten Silke und ich Rebekka eindringlich vor Augen, dass sie so keinen Erfolg haben werde. Silke forderte Rebekka am Ende noch ernsthaft auf, meine Ratschläge zu befolgen.

Es ist gut zu wissen, dass Silke hinter mir steht!

Lünen, 15. September 2018

Und wieder einmal hat Rebekka sich krankgemeldet. Sie ist und bleibt unfähig für diesen Beruf!

Lünen, 16. September 2018

Heute Morgen ist Roman mit Lukas ~~ausgez~~ nach Dortmund zu seinen Eltern gefahren. Mich hat er vorher bei Mama und Papa vorbeigebracht. Ich soll mich ausruhen.

~~Kamen~~Lünen, 17. September

Roman hat mir einen Strauß mit Rosen geschenkt. Er liebt mich so sehr! Ich bin glücklich!

Lünen, 18. September 2018

Ich habe auf meinen Tisch im Lehrerzimmer,
der direkt neben Rebekkas Platz ist, einen
Aufsteller platziert mit der Aufschrift

egrote

Englisch, Verb

Krankheit vortäuschen, um Arbeit zu

vermeiden

Als Rebekka den Aufsteller gesehen hat, ist sie
sofort wieder rausgegangen. Niemand hat
etwas gesagt. Auch Renate und Katharina
nicht. Tja, einer musste ihr ja mal ihr
Verhalten spiegeln.

Lünen, 19. September 2018

Und prompt macht Madame wieder einen auf
krank! Es ist kaum zu glauben. Ich habe mit
Silke gesprochen. Sie wird sich beim Seminar
beschweren und dafür sorgen, dass ein BEM

144

eingeleitet wird. Dann muss Rebekka zum Amtsarzt. Na, bitte!

Roman trägt mich auf Händen. Heute Abend gehen wir zusammen zu Gino. Nur er und ich.

Lünen, 20. September 2018

Roman hat mir einen Ring geschenkt und mir gesagt, wie glücklich er mit mir sei. Unser Zusammensein war so romantisch. Er sagte, er sei so stolz auf mich, auf meine Stärke. Ich sei eine tolle Frau und Mutter und auch über mein Engagement als Mentorin haben wir gesprochen. Er bewundert meine Geduld und meine Kompetenz in dieser Sache.

Ich kann mein Glück kaum fassen!

Rebekka ist wieder da. Silke hat sie sofort zu sich ins Büro gerufen. Danach war Rebekka so klein mit Hut und sah ganz verstört aus. Das kommt davon, wenn man sich auf unsere Kosten einen schönen Lenz machen will. Das Leben ist nun mal kein Ponnyhof!

Es ist gut zu spüren, dass jetzt alle Rebekkas Masche durchschaut haben. Niemand im Lehrerzimmer spricht mehr mit ihr oder setzt sich neben sie, wenn Silke oder ich im Lehrerzimmer sind. Nur Renate und Katharina scheinen sich noch um Rebekka zu kümmern. Am nächsten Donnerstag ist Rebekkas zweiter UB. Mit mir redet sie kaum noch darüber. Katharina hat es mir erzählt. Rebekka hat im Bereich „Lernen" das Thema „Sprechen und Zuhören" gewählt. Daran kann man mal wieder ihre Inkompetenz erkennen. Wie will sie das mit den Förderkindern aus Katharinas Klasse schaffen? Jennifer lügt, Johannes ist Mutist (das wird ja toll mit dem Sprechen!), Amjad kann kaum Deutsch und Alexander und Milena sind nun wirklich nicht in der Lage, anderen zuzuhören. Katharina meinte, Rebekka habe das Thema genau aus diesem Grund gewählt. Sie wolle, dass die Kinder lernten, miteinander zu kommunizieren. Na, da bin ich ja mal gespannt.

Dann hat Katharina mich nach den Förderplänen für die Kinder gefragt. Rebekka wolle gerne einmal einen Blick darauf werfen und habe sie in den Akten nicht vorgefunden. Was soll das? Bin ich der Referendarin jetzt Rechenschaft schuldig? Ich bin einfach noch nicht dazu gekommen, Förderpläne für alle Förderkinder zu schreiben. Aber Rebekka muss mir hier weiß Gott nicht meinen Job erklären! Immer noch versucht sie, mir zu schaden!

Lünen, 22. September 2018

Die Kinder haben mich gefragt, warum ich keine Tattoos hätte wie Frau Wiesner. Das muss man sich mal vorstellen! Ich habe ihnen darauf erklärt, dass früher nur Verbrecher und Seeleute Tattoos gehabt hätten und dass ich deshalb keines möchte.

Lünen, 24. September 2018

Am Samstag waren wir alle bei Lisas Hochzeit eingeladen. Sie hat in ihrem alten Bauernhaus gefeiert. Es wirkte alles ein wenig improvisiert. Kein Vergleich zu unserem Haus, das inzwischen für mich den Inbegriff von Gemütlichkeit darstellt.

Rebekka war auch da. Aber wir haben nicht miteinander gesprochen. Ihr Freund sah aus, wie ich es erwartet hatte, ein wenig wie Tobias, der Anfang September gekündigt hat. Er hat sich seinen Resturlaub genommen und ist nicht wiederaufgetaucht. Aber das ist kein Verlust für unsere Schule. Er hat einfach nicht zu uns gepasst!

Die Hochzeit war schön, aber natürlich nicht so wunderbar, wie Romans und meine vor fünf Jahren! Wir lieben uns noch wie am ersten Tag. Roman ist gestern nicht von meiner Seite gewichen. Er hatte nur Augen für mich!

Lünen, 25. September 2018

Rebekka hat mir ihren Unterrichtsentwurf vorgelegt. Diesmal hat sie viele sonderpädagogische Maßnahmen in ihre Planung eingebaut. Offenbar sieht sie endlich ein, dass ich Recht hatte. Ich habe ihren Entwurf kurz quergelesen und für gut befunden. Es lohnt sich wirklich nicht, mehr zu tun.

Danach hat sie mich doch tatsächlich gefragt, wann ich sie einmal zu einem AOSF-Verfahren mitnehmen könne. Das sei doch für ihre Ausbildung notwendig. Nach vier Monaten an unserer Schule kommt sie damit an! Das ist ja wohl ein Witz! Ich musste ihr dann mitteilen, dass sie mit ihrer „Bitte" leider ein bisschen spät komme. Die Testungen zur Feststellung des Förderbedarfs, die ich abzuleisten hatte, habe ich für dieses Schuljahr bereits alle ohne sie durchgeführt und auch die Gutachten sind bereits geschrieben. Ich erledige meine Arbeit eben schnell und sorgfältig und fehle nicht wie gewisse andere Personen. Da war sie stumm.

Roman gibt mir in allem Recht, was Rebekka betrifft. Ich wusste, dass wir uns verstehen. Er meinte, dass wir zwei zusammenhalten. Für immer! Für unseren kleinen Lukas haben wir eine neue Kita gefunden. Im November wird unser Schatz schon zwei Jahre alt. Ich bin so stolz auf ihn! Er spricht schon in ganzen Sätzen und ist so sozial und einfühlsam!

Lünen, 26. September 2018

Ich habe gesehen, wie Johannes mit Rebekka gesprochen hat. Sie saßen in der sogenannten Leseecke, die Rebekka eingerichtet hat. Wer weiß, was sie dem Jungen damit antut? Sie sollte ihn in Ruhe lassen! Schließlich ist sie keine Expertin für Mutismus!

Lünen, 28. September 2018

Rebekkas Unterrichtsprobe ist gut verlaufen.
Sogar Silke war davon angetan und hat
meine Arbeit als Mentorin gelobt. Rebekka hat
sie im Anschluss vor allen Kolleginnen
ausdrücklich davor gewarnt, noch einmal zu
fehlen.

Da sieht man, dass Strenge und Konsequenz
doch ans Ziel führen.

Am Montag machen wir unseren
Betriebsausflug. Davor wird Rebekka sich
nach dieser Ansage jetzt nicht mehr drücken
können.

Lünen, 4. Oktober 2018

Rebekka ist tot. Ich bin immer noch ganz
durcheinander. Keiner weiß, wie sie auf die
Außentreppe des Elefanten gekommen ist.
Wahrscheinlich wollte sie wieder rauchen und

ist durch den Notausgang auf die Treppe gelangt. Wir waren alle zusammen im Maxipark.

Rebekka ist einfach zu labil für diesen Beruf gewesen!

Lünen, 6. Oktober 2018

Die Polizei hat angerufen. Sie kommen gleich vorbei, um mich zu befragen. Ich weiß gar nicht genau, was ich sagen soll. Ich als Rebekkas Mentorin habe mir nichts zuschulden kommen lassen. Ich habe alles richtig gemacht. Es klingelt.

Auszüge aus dem Gerichtsurteil vom 15. Mai 2018

16 Ds 11 Js 777/18

AK 32/01

Amtsgericht Dortmund

Im Namen des Volkes

Urteil

In der Strafsache

gegen   die Lehrerin für Sonderpädagogik

                                Sandra Schwarz, geb. am 02. 03.1979

                                in Kamen, wohnhaft in 59175 Kamen,

                                Steinstr. 11, verheiratet, Deutsche

-     Verteidiger: RA Dr. Kling, Weilstr. 45, 59174 Kamen

wegen   Totschlags

hat das Amtsgericht Dortmund in der öffentlichen Sitzung vom 15. Mai 2018, an der teilgenommen haben

Richter am Amtsgericht Rudbeck als Strafrichter, Oberamtsanwalt Körner als Vertreter der Anklagebehörde,

RA Dr. Kling als Verteidiger sowie Justizobersekretär Emmerich als Urkundsbeamter der Geschäftsstelle,

für Recht erkannt:

II. Die Angeklagte wird vom Tatvorwurf des Totschlags nach § 212

Absatz 1 StGB

freigesprochen.

Die Kosten des Verfahrens und alle notwendigen Auslagen trägt die

Staatskasse nach §467 Absatz 1 StPO

III. Gründe

Das Amtsgericht hat die Angeklagte vom Vorwurf des Totschlags aus tatsächlichen Gründen freigesprochen.

Die Angeklagte Sandra Schwarz ist verheiratet, seit dem 16. September 2017 von ihrem Ehemann getrennt lebend und Mutter eines minderjährigen Kindes, das beim Kindsvater lebt. Sie selbst wohnt bei ihren Eltern in Kamen in einer Mietwohnung und befindet sich zurzeit auf Wunsch ihrer Eltern in stationärer therapeutischer Behandlung in der Klinik für Psychiatrie und Psychotherapie-Marienhospital Dortmund. Seit dem 28. Oktober 2017 ist die Angeklagte von ihrer Arbeit als Lehrerin für Sonderpädagogik an der Joseph-Eichendorff-Grundschule in Hamm freigestellt.

In der Vergangenheit ist die Angeklagte strafrechtlich nicht in Erscheinung getreten.

1.   Mit der unverändert zur Hauptverhandlung zugelassenen Anklageschrift vom 18. Januar 2018 hat die Staatsanwaltschaft der Angeklagten zur Last gelegt, die Lehramtsanwärterin Rebekka Wiesner am 2. Oktober 2017 gegen 11.30 Uhr während eines Betriebsausfluges von der Außentreppe des Glaselefanten im Maxipark in Hamm gestoßen zu haben (§ 212 Absatz 1 StGB).

Diese sei den durch den Sturz verursachten
Verletzungen noch am selben Tag erlegen.

Die Angeklagte habe sich gegen 11.15 Uhr zu der auf
der Außentreppe rauchenden Geschädigten
gesellt und diese nach einer kurzen Auseinandersetzung gestoßen, so dass die Geschädigte den
Halt verloren und über das Treppengeländer in
den unter dem Glaselefanten befindlichen
Parkbereich gestürzt sei.

Die Zeugin Sarah Witt, die sich zum Zeitpunkt des
Sturzes nach eigenen Angaben auf einem
Spaziergang im Maxipark befunden hat, sagt aus,
die Angeklagte und die Geschädigte auf der
Außentreppe des Glaselefanten gesehen zu
haben. Beide seien in eine Auseinandersetzung
geraten, die sich durch heftiges Gestikulieren
geäußert habe. Schließlich habe die Angeklagte
die Geschädigte gestoßen und diese sei rückwärts
über das Treppengeländer in die darunter liegende
Grünanlage gestürzt. Auf Nachfrage des
Verteidigers ist die Zeugin nicht in der Lage,
Aussehen und Kleidung der Angeklagten und der
Geschädigten sowie den genauen Tathergang zu
beschreiben. Bei nochmaliger Befragung durch
den Verteidiger gibt die Zeugin an, trotz der am
Vormittag des 2. Oktobers 2017 herrschenden

nasskalten Witterung und der dadurch bedingten schlechten Sicht, etwas wie einen Streit beobachtet zu haben.

2. Die Angeklagte hat die ihr zur Last gelegte Tat bestritten und sich dahin eingelassen, mit der Geschädigten auf der Außentreppe gesprochen, diese aber nicht gestoßen zu haben.

3. Nach dem Ergebnis der Beweisaufnahme ist der Angeklagten die ihr zur Last gelegte Tat nicht mit der für eine Verurteilung erforderlichen, jeden vernünftigen Zweifel ausschließenden Sicherheit nachzuweisen. In der vorliegenden Konstellation der Einlassung gegen die Aussage der Zeugin Witt hat das Amtsgericht Zweifel an der Glaubhaftigkeit der Angaben der Zeugin nicht überwinden können, auch wenn die psychologische Sachverständige in ihrem Gutachten zu dem Ergebnis gekommen ist, dass die Angeklagte erhebliche negative Gefühle und Aggressionen gegenüber der Geschädigten hegte. Außerhalb der Zeugenaussage, die zum Tatgeschehen widersprüchliche Angaben macht, gibt es keine Indizien, welche den Tatbestand des Totschlags zweifelsfrei beweisen.

Rudbeck, Richter am Amtsgericht

16 Ds 11 Js 777/01 ;   Ak 32/01

GUTACHTEN

der a.a. Medizinisch-Psychologischen Untersuchungsstelle

Dortmund

Über	Frau
	Sandra Schwarz
geb. am	2.3.1979
in:	Kamen
Wohnort:	59175 Kamen,
	Steinstr. 11

Die Untersuchung erfolgte am 8. März 2018 im Auftrag der Frau Schwarz, um deren Befähigung zur Ausübung ihres Berufes als Sonderpädagogin zu überprüfen und die von der Verwaltungsbehörde geltend gemachten Zweifel an der beruflichen Eignung von Frau Schwarz auszuräumen. Die Verwaltungsbehörde hat die Vorlage eines Gutachtens zur Vorbereitung ihrer Entscheidung über die Aufhebung der Freistellung von der Untersuchten gefordert.

Das vorliegende Gutachten dient allein dem Zweck, der die Begutachtung veranlassenden Behörde eine Entscheidungshilfe zur Verfügung zu stellen.

1. Sachverhalt

    Im Erstgespräch gab Sandra S. an, am 28.Oktober 2017 zu Unrecht von ihrer Beschäftigung als Sonderpädagogin freigestellt und später zu Unrecht des Totschlags angeklagt worden zu sein. Im Folgenden soll geklärt werden, ob Frau S. den an sie gestellten Anforderungen an ihrem Arbeitsplatz gewachsen ist.

1.1 Vorgeschichte

    Im Mai 2017 wurde Frau Schwarz im Rahmen ihrer Tätigkeit als Sonderpädagogin an der Joseph-Eichendorff-Grundschule ein Mentorat für eine Lehramtsanwärterin übertragen. Diese Aufgabe habe sie bis zum Tod der Referendarin am 2. Oktober 2017 gerne und mit viel Engagement übernommen. Kurz darauf sei sie von Seiten der Schulaufsichtsbehörde von ihren Aufgaben freigestellt worden.

1.2   Lebensumstände

Sandra S. wurde am 2. März 1979 in Kamen
geboren. Zurzeit wohne sie in ihrem Elternhaus.
Mit ihrem Mann, dem Ingenieur Roman S., sei sie
seit fünf Jahren verheiratet. Sie hätten ein
gemeinsames Kind, das zurzeit bei seinem Vater in
Dortmund lebe.
Ihre Eltern seien beide Rentner.

1.3   Stellungnahme Sandra S.

Als Grund für die Freistellung gibt Frau S. eine
Fehleinschätzung der Behörden an.
Sie sei sowohl an ihrem Arbeitsplatz, als auch
privat immer sehr glücklich gewesen. Auch habe
sie ihr Arbeitspensum kompetent und zur vollsten
Zufriedenheit der Direktorin abgeleistet. Die Arbeit
mit den Kindern liebe sie. Erst mit ihrer neuen
Aufgabe als Mentorin habe sie sich allmählich
nicht mehr wohl an ihrem Arbeitsplatz gefühlt. Sie
habe die Referendarin als labil und inkompetent
empfunden, was sich durch deren Selbstmord
bewahrheitet habe.
Frau S. gibt an, irgendwann nicht mehr gewusst zu
haben, wie sie die Referendarin noch besser
unterstützen könne. An deren Tod trage sie keine
Schuld.

1.4 Verhaltensexploration

Frau S. zeigte sich beim Erstgespräch äußerst kooperativ. Jede meiner Fragen beantwortete sie, ohne zu zögern.

Als ich jedoch das Thema des Mentorats und die Anklage wegen Totschlags erwähnte, gab sich Frau S. zwar nach außen locker, ihre Stimme klang dagegen zunehmend gepresster und es fiel ihr offensichtlich schwer, über Rebekka W., die Lehramtsanwärterin, zu sprechen. Oft unterbrach sie sich mitten im Satz, war aber bemüht, meine Fragen zu beantworten.

Ihr Verhältnis zu ihrem Mann Roman beschrieb Frau S. als liebevoll und harmonisch.

2. Untersuchungsbericht zu dem eingesetzten Testverfahren

2.1 Verhaltensbeobachtung

Frau S. war unruhig und sehr aufgeregt. Bei einigen Bildtafeln und Fragen zeigte sie aggressive Impulse, vor allem gegenüber Personen aus ihrem Arbeitsumfeld. Insgesamt wirkte sie während des Testverlaufs sehr unsicher und bestrebt, für sie inakzeptable Erscheinungen zu ignorieren.

2.2 Zusammenfassende Beurteilung

Frau S. nimmt die Ereignisse nicht so wahr, wie sie den Tatsachen entsprechen.

Dieser Realitätsverlust von Frau S. betrifft jedoch nicht alle ihre Lebensbereiche, sondern ist partiell geartet. Ihre Äußerungen lassen einen teilweise realistischen Bezug zu ihrer objektiven Umwelt erkennen. Innerhalb ihres Privatlebens negiert Frau S. allerdings hartnäckig alle Erscheinungen, die sie offenbar nicht verarbeiten kann, wie z.B. die Trennung von ihrem Ehemann und ihrem zweijährigen Sohn. Hier scheint es, als lebe sie in einer Parallelwelt, die ein Stück neben der real existierenden Welt liegt, ihr aber noch so nahe ist, dass zahlreiche Berührungspunkte erkennbar sind.

Im beruflichen Umfeld neigt Frau S. zur Selbstüberschätzung und würdigt die Leistungen anderer, insbesondere der verstorbenen Lehramtsanwärterin, unverhältnismäßig herab, um so eigene Unsicherheiten zu kompensieren. Gegenüber der Referendarin entwickelte Frau S. aufgrund ihrer eigenen Überforderung einen subjektiven Hass, verbunden mit aggressiven Handlungen, ohne in der Lage zu sein, die eigene Gefühlswelt zu reflektieren.

Als Ursachen für den Realitätsverlust können im Fall von Frau S. vorübergehende Überarbeitung und Erschöpfungszustände angesehen werden. Eine Wiederaufnahme der Arbeit als Lehrerin der Sonderpädagogik muss zum jetzigen Zeitpunkt ausgeschlossen werden, da Frau S. ihre eigene Gesundheit, aber auch das Wohl ihr unterstellter Mitarbeiter und Mitarbeiterinnen gefährden könnte.

Eine wesentliche Verbesserung der individuellen Voraussetzungen wird nur durch eine grundlegend kritischere Auseinandersetzung mit der eigenen Person und dem eigenen Verhalten, insbesondere im Hinblick auf die Zusammenarbeit mit Kolleginnen und Kollegen zu erreichen sein. Es ist fraglich, ob Frau S. ohne sachgerechte Unterstützung, wie z.B. durch eine therapeutische Behandlung, in der Lage sein wird, die genannten Anforderungen zu erfüllen. Die Untersuchte sollte entsprechende Schritte unternehmen. Nachweise formaler Art wie Bescheinigungen über die Teilnahme an einer Therapie reichen allein für eine günstige Prognose jedoch nicht aus, wenn deutlich wird, dass eine unverändert unkritische Problemsicht vorherrscht.

Nach Abschluss einer umfangreichen, therapeutischen Behandlung sollte ein weiteres Gutachten erstellt werden, um die Arbeitsfähigkeit von Frau S. erneut zu überprüfen.

Medizinisch-Psychologische

Untersuchungsstelle

Dortmund

Dr. med. Psych. Kranz

Dortmund, 31. Mai 2018

Lieber Lukas,

das Tagebuch deiner Mutter, das ich in unserem

Haus in Lünen gefunden habe, und die Auszüge

aus dem Gerichtsurteil und dem psychologischen

Gutachten habe ich für dich zusammengestellt

und werde sie für dich aufbewahren, bis du alt

genug bist, um sie zu lesen.

Vielleicht wirst du eines Tages verstehen, warum

ich dich deiner Mama wegnehmen musste.

Ich habe dich lieb!

Dein Papa